Frank LOHEAC - AMMOUN

GIN-RAMI, RAMI, BARBU

SOLAR

DANS LA MÊME COLLECTION :

LES ÉCHECS
Michel Benoît

LE BACKGAMMON
Frank Lohéac - Ammoun

LE BRIDGE
Frank Lohéac - Ammoun

LA BELOTE
Frank Lohéac - Ammoun

LE TAROT
Frank Lohéac - Ammoun

50 TOURS DE CARTES
Pasqual Romano

LE POKER
Frank Lohéac - Ammoun

ISBN 2-263-01547-7

SOMMAIRE

Première partie

Le Gin-Rami

CHAPITRE 1

LES ÉLÉMENTS DU JEU AU GIN-RAMI

LE MATÉRIEL NÉCESSAIRE

Le Gin-Rami se joue avec un ou deux jeux de 52 cartes, selon la forme de jeu adoptée. Le premier de ces deux paquets, appelé paquet de jeu parce qu'il sert au jeu proprement dit, est toujours indispensable. L'autre paquet, dit de « retourne », est employé seulement dans la variante « Oklahoma Gin », qui est toutefois une des plus intéressantes et des plus jouées. Ce deuxième paquet sert à fixer, grâce au rang de sa carte supérieure qui est visible, dans quelles circonstances un joueur peut poser ses cartes.

Pour que la partie suive un cours normal, les jeux utilisés doivent être neufs ou en excellent état afin que personne ne puisse reconnaître les cartes qui les composent. Cette remarque s'applique surtout au paquet de jeu : il est indispensable que les cartes soient inconnues de tous et ne puissent être reconnues par un signe extérieur, même si ce signe est visible par tous. Signalons aussi qu'il est agréable de disposer d'un second paquet de jeu, permettant au donneur d'entamer sans délai une nouvelle distribution à la fin du coup pendant que son adversaire bat le jeu venant d'être utilisé. Deux paquets servent alors au jeu proprement dit et un troisième sert à la retourne. Indiquons en outre que pour jouer dans de bonnes conditions, il faut disposer d'un bloc de papier et d'un crayon par participant afin de permettre à chaque joueur de tenir la marque. Celle-ci a en effet une importance souvent déterminante sur les décisions qu'un joueur est amené à prendre durant le cours du jeu.

LES CARTES

On utilise au Gin des jeux tout à fait ordinaires dont les 52 cartes se répartissent en 4 couleurs différentes que voici :

— Pique, couleur représentée par le symbole ♠ ;
— Cœur, couleur représentée par le symbole ♥ ;
— Carreau, couleur représentée par le symbole ♦ ;
— Trèfle, couleur représentée par le symbole ♣.

Chaque couleur est formée de 13 cartes. Les couleurs servant seulement à différencier les familles, aucune d'entre elles n'a le pas sur une autre durant le déroulement du jeu : il est donc indifférent qu'une combinaison donnée appartienne à une couleur plutôt qu'à une autre.

Parmi les 52 cartes du jeu, 4 portent un nom : l'As, le Roi, la Dame et le Valet. On désigne souvent ces 3 dernières du nom générique de « cartes habillées », de « figures » ou de « filets », parce qu'elles représentent des personnages vêtus et que leur bord est entouré d'un liséré fin . Les 9 autres cartes de chaque famille sont les cartes dites numérales. Elles sont désignées par leur numéro, qui va du dix au deux.

D♥	8♦
La Dame de Cœur	Le huit de Carreau

Dans ce livre, les cartes sont représentées selon le cas par leur initiale ou par leur numéro : la lettre R représente un Roi, le V un Valet et le 5 un cinq. Chaque carte est donc complètement identifiée par l'indication de son rang et de sa couleur : par exemple D♥ pour la Dame de Cœur ou 8♦ pour le huit de Carreau représentés au diagramme ci-dessus. On utilise toujours toutes les cartes du jeu, quel que soit le nombre de participants. On joue donc en permanence avec l'intégralité de 52 cartes du paquet.

LE NOMBRE DE PARTICIPANTS

Le Gin est un jeu qui se joue normalement à deux, chacun pour soi. Certains aménagements aux règles permettent cependant de jouer avec un nombre plus élevé de participants : trois, quatre, cinq ou même six joueurs. Le Gin à trois est dit « Gin en capitaine ». Le Gin à quatre et plus est dit « Gin par équipes ». Au-delà de deux joueurs, le jeu cesse d'être individuel, les participants devant se regrouper en équipes. Mais le score d'une équipe est simplement le résultat de l'addition des scores individuels de ses membres : le Gin-Rami est donc par essence un jeu à deux joueurs.

Signalons qu'il faut prévoir un paquet de jeu supplémentaire pour chaque équipe si l'on joue à plus de trois joueurs. Par contre, il n'est pas nécessaire de prévoir de jeu de retourne supplémentaire, celui-ci étant commun à tous les participants.

LA VALEUR DES CARTES

Au Gin, les cartes ne se distinguent pas par leur force mais par le nombre de points qu'elles représentent du point de vue de la marque. Notons que ce n'est pas parce qu'un Roi vaut plus qu'un deux qu'il est plus fort : il est simplement différent, ayant une valeur distincte. Une carte n'a de valeur que tant qu'elle ne participe pas à une combinaison ; une fois incluse dans une combinaison, une carte ne vaut plus rien. La valeur des différentes cartes est la suivante :

— l'As vaut 1 ou 15 points selon les règles adoptées ;
— les figures (Rois, Dames et Valets) valent 10 points ;
— les cartes numérales valent autant de points que leur numéro.

Notez bien que l'As peut compter pour 15 points ou pour 1 point seulement (se reporter au paragraphe Le jeu standard et le jeu « Round the corner »). Il convient de s'entendre sur ce point avant le début de la partie.

LE DONNEUR ET LE SENS DU JEU

Le premier donneur est tiré au sort en début de jeu : chaque joueur choisit une carte au hasard dans le paquet, et celui ayant tiré la plus basse carte donne en premier. Par la suite, c'est toujours le gagnant du coup précédent qui donne ; un même joueur peut donc donner plusieurs fois de suite. Le donneur bat soigneusement le paquet, fait couper le jeu à son adversaire et entame sa distribution. Son vis-à-vis a toutefois le droit de battre le paquet avant la donne, mais dans ce cas le donneur peut battre le jeu en dernier. De toute façon, le donneur doit faire couper le paquet par son adversaire avant de donner.

Nous verrons au chapitre suivant que la donne s'opère différemment selon la variante de jeu pratiquée, plus exactement selon que l'on joue au « Gin standard » ou à l'« Oklahoma Gin ». Nous exposons ici la donne dans son aspect le plus général, et développerons les particularités propres à chaque forme de jeu au chapitre 2 consacré au déroulement de la partie.

Le donneur distribue alternativement 10 cartes à chaque joueur, une par une et en commençant par son adversaire, puis pose le reste du paquet appelé talon sur le côté de la table à proximité de l'éventuel paquet de retourne. Les deux joueurs tirent ensuite une carte à tour de rôle, en commençant par le vis-à-vis du donneur : chacun a le choix entre prendre une carte inconnue du talon ou prendre la carte que vient de défausser son adversaire, carte connue car rejetée face visible. Le joueur venant de tirer est en effet obligé d'écarter une carte de façon à n'avoir que 10 cartes dans sa main (on appelle main l'ensemble des cartes d'un joueur), sauf lorsque ses 11 cartes participent toutes à des combinaisons, auquel cas on verra qu'il peut étaler toutes les cartes de son jeu en faisant « grand Gin ».

On appelle « défausser » ou « écarter » le fait de se débarrasser d'une carte, appelée « défausse » ou « écart ». Indiquons qu'un joueur peu satisfait de son jeu peut à tout moment proposer une nouvelle donne à son adversaire par la question : « Fraîche ? ». Si ce dernier refuse, le jeu se poursuit normalement ; s'il accepte, une nouvelle donne a lieu en changeant de donneur.

Au bout d'un certain temps, l'ensemble des cartes défaussées forme une pile de défausses au centre de la table. Deux écoles s'opposent concernant cette pile et le droit de consulter les cartes qui la composent : les puristes exigent que les cartes défaussées soient placées l'une sur l'autre de façon que seule la dernière soit visible, comme l'illustre le diagramme ci-dessous. Il faut alors faire un effort de mémoire pour se rappeler quelles cartes sont déjà passées. Les partisans de l'école laxiste jettent leurs cartes de façon désordonnée au centre du tapis comme représenté au diagramme en bas. Il est alors possible de chercher à tout moment parmi ces cartes si une carte

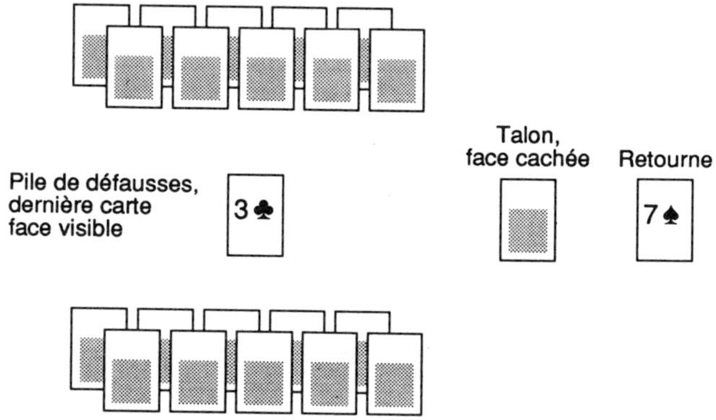

La pile de défausses : l'école rigoriste

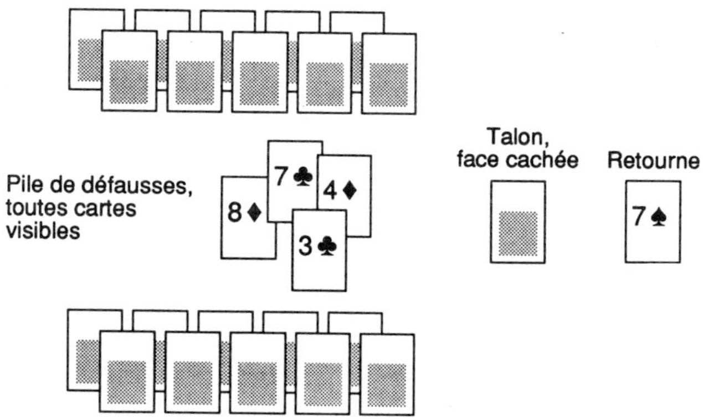

La pile de défausses : l'école laxiste

est déjà passée ou pas. Ce point de règlement doit être fixé en début de partie. La plupart du temps, les joueurs adoptent le point de vue laxiste.

Le jeu se poursuit jusqu'à ce qu'un des joueurs puisse étaler ses cartes, ce qui marque la fin du coup. Pour pouvoir poser, ou « sortir » comme on dit aussi, il faut que la valeur totale des cartes isolées de la main, n'appartenant pas à des combinaisons, soit inférieure ou égale à 10. On verra cependant que ce chiffre peut varier en fonction de la retourne, lorsqu'elle existe. Quand le coup est terminé, l'adversaire du donneur fait passer la retourne venant de servir sous le paquet de retourne, et dévoile la carte suivante de ce paquet qui devient la nouvelle retourne.

LE BUT DU JEU

Chaque joueur possède en permanence 10 cartes dans sa main, provisoirement 11 lorsqu'il tire mais n'a pas encore défaussé. Le but du jeu consiste à composer des combinaisons de façon à pouvoir poser son jeu, c'est-à-dire étaler ses cartes devant soi.

LES DIFFÉRENTES COMBINAISONS

Une combinaison doit être formée d'au moins 3 cartes. On distingue deux grandes familles de combinaisons : celles formées de cartes identiques et celles formées de cartes qui se suivent.

• ***Les combinaisons formées de cartes identiques***

Il existe deux combinaisons dans ce groupe : les brelans et les carrés. Les paires ne comptent pas comme combinaison, car il faut au moins 3 cartes pour former une combinaison.

— Le brelan. Cette combinaison est formée de la

réunion de 3 cartes de même rang, par exemple 3 Rois. Un brelan peut être amélioré en carré.

Brelan de Rois

— Le carré. Cette combinaison est formée de la réunion de 4 cartes de même rang, par exemple 4 Valets. Par hypothèse, un carré ne peut pas être amélioré.

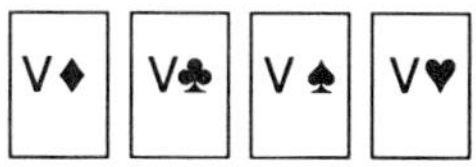

Carré de Valets

• ***Les combinaisons formées de cartes qui se suivent***

Une suite, ou séquence, est formée d'au moins 3 cartes de même couleur qui se suivent, par exemple 7♠, 6♠ et 5♠. Une suite de 3 cartes peut facilement être améliorée de façon à former une suite de 4 cartes, 5 cartes ou plus. On parle alors de suite quatrième, de suite cinquième, etc. Le diagramme ci-dessous illustre une suite troisième à Cœur.

Suite troisième à Cœur

LA FORCE D'UNE MAIN

Rappelons qu'une fois une combinaison formée, la valeur des cartes qui la composent tombe à zéro. Par conséquent, toutes les combinaisons ont une valeur nulle quelles que soient les cartes qui les composent :

il est donc équivalent de posséder un brelan de Dames ou un brelan de six, un carré de quatre ou un carré de Rois. La seule chose différenciant deux combinaisons est leurs chances d'amélioration respectives : il va de soi qu'il vaut mieux posséder un brelan, qui peut être amélioré en carré, qu'un carré, qui ne peut pas être amélioré.

Mais, si la force d'une main n'est pas en rapport direct avec la valeur des cartes qui la composent, on peut cependant fixer une règle générale : plus le total des points d'une main est faible, plus cette main a des chances d'être forte. Nous verrons que la stratégie au Gin-Rami consiste grosso modo à réduire le plus possible le nombre des points de la main.

A♣	A♦	R♠	R♥	D♣	9♦	8♣	8♦	5♠	2♥

La valeur d'une main

Prenons comme exemple la main ci-dessus. Elle vaut du point de vue de la marque, si l'on prend 15 points pour l'As, $(2 \times 15) + (3 \times 10) + 9 + (2 \times 8) + 5 + 2 = 92$ points : 2 fois 15 points du fait qu'elle comporte 2 As et 3 fois 10 points du fait qu'elle comprend 3 figures (2 Rois et une Dame), soit 60 points auxquels s'ajoutent un neuf, deux huit, un cinq et un deux pour donner le total de 92 points que nous avons calculé.

V♥	V♠	V♣	7♦	7♣	7♥	4♣	4♥	4♠	2♣

Valeur comparée de deux mains

Comparons la main représentée ci-dessus à la précédente. Elle ne vaut pas $(3 \times 10) + (3 \times 7) + (3 \times 4) + 2 = 65$ points, les cartes ne valant plus rien une fois réunies en combinaisons, mais seulement 2 points, valeur de la seule carte isolée. Son total est inférieur à celui de l'exemple précédent, et la main qu'elle représente est beaucoup plus forte.

LE JEU STANDARD ET LE JEU « ROUND THE CORNER »

L'As pose un problème pour les combinaisons formées de séquences : selon les règles que l'on adopte en début de partie, cette carte peut être considérée soit comme la plus basse du paquet, soit comme la carte la plus haute ou la plus basse du paquet, au choix. Avant de s'asseoir pour jouer, il convient de s'accorder sur ce point important. Nous allons étudier les deux cas dans l'ordre.

3♥	2♥	A♥

L'As est la carte la plus faible

Si l'on considère que l'As représente la carte la plus basse du paquet, on peut seulement l'utiliser, dans une suite, pour former la séquence basse (...4) 32A. Cette suite ne peut se poursuivre plus bas, aucune carte n'étant inférieure à l'As. Dans cette hypothèse, l'As ne peut servir à former la suite haute ARD, et du point de vue de la marque, il compte pour 1 point seulement et non pour 15. Cette façon de voir est courante aux États-Unis, alors qu'en Europe on a plutôt tendance à jouer « Round the corner ».

A♥	R♥	D♥

« Round the corner »
avec l'As comme carte la plus forte

Quand on joue « Round the corner », l'As peut servir à la fois comme carte haute et comme carte basse, par exemple pour former la suite ARD (illustrée ci-dessus) ou la suite 32A (que l'on a vue plus haut).

3♦ 2♦ A♦ R♦ D♦

« Round the corner » : l'As est tournant

Il est également possible de communiquer entre toutes les cartes de la main par la formation d'une suite en boucle fermée (...3) 2AR (D...), suite représentée ci-dessus : on dit que l'As est « tournant ». Il vaut toujours 15 points du point de vue de la marque, quelle que soit la façon dont on l'utilise.

LA FIN DU COUP

Le jeu se poursuit ainsi, chaque joueur tirant à tour de rôle pour améliorer sa main, jusqu'à ce qu'un des joueurs puisse poser son jeu. Parfois, les cartes du paquet de retourne ou du paquet de jeu viennent à s'épuiser avant la fin du coup : s'il s'agit du paquet de retourne, on prend les cartes de retourne déjà utilisées, on les bat et on reforme une nouvelle pile ; après quoi la partie reprend normalement son cours. Par contre, si ce sont les cartes de jeu qui viennent à manquer, le coup est déclaré nul et une nouvelle donne a lieu dès que l'on parvient aux deux dernières cartes de ce paquet, qu'il est interdit d'utiliser.

LA FIN DE LA PARTIE

Le premier joueur atteignant un certain nombre de points gagne la partie. Nous verrons dans le chapitre consacré à la marque combien il faut de points et comment on les gagne.

CHAPITRE 2

LE DÉROULEMENT DE LA PARTIE

Nous avons brièvement indiqué au chapitre précédent que la donne était différente au « Gin standard » et à l'« Oklahoma Gin ». Nous allons maintenant voir en détail ce qui différencie ces deux formes de jeu.

LA DONNE AU GIN STANDARD

Au Gin standard, le donneur distribue à chacun 10 cartes face cachée, alternativement, en commençant par son vis-à-vis. Il dispose ensuite sur la table le reste du paquet, appelé talon, et en retourne la première carte qu'il pose au centre de la table, face visible. Cette carte retournée est donc la 21e qu'il distribue. Son adversaire peut s'emparer de cette carte.

S'il ne désire pas profiter de cette possibilité, c'est au tour du donneur de pouvoir la prendre. Si aucun des deux joueurs n'en veut, le vis-à-vis du donneur tire la première carte du talon, face cachée, et rejette de sa main une carte de son choix, face visible. Cette carte peut être celle qu'il vient de tirer.

Dès qu'un joueur a défaussé une première carte, le jeu se poursuit de la façon déjà décrite au chapitre précédent, chaque joueur ayant à tour de rôle le choix entre tirer une carte du talon face cachée ou prendre la carte qui vient d'être jetée face visible par son

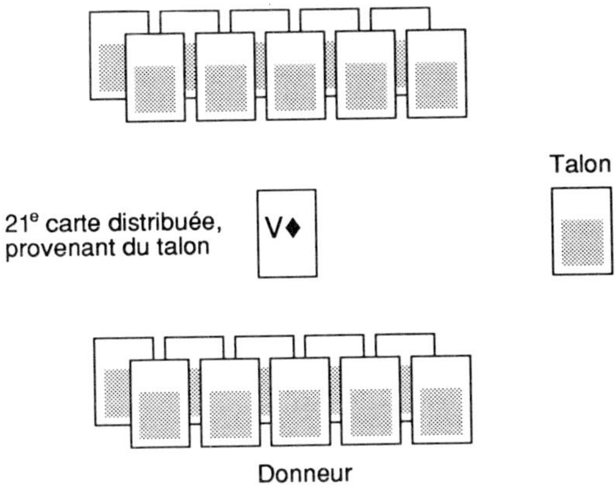

La donne au Gin standard

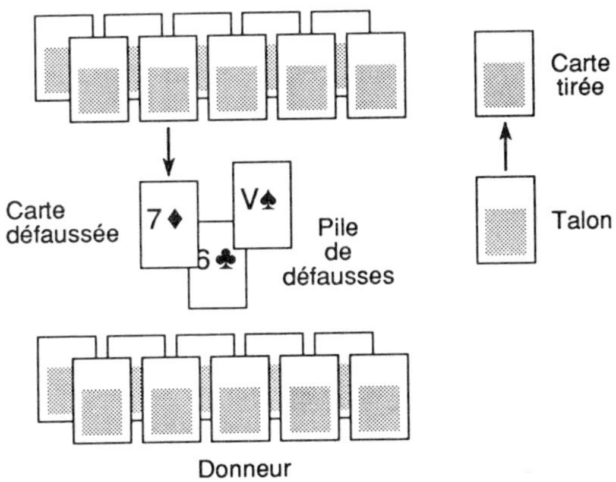

Le tirage et l'écart au Gin standard

vis-à-vis. Précisons qu'on ne peut s'emparer de cette carte qu'immédiatement, au tour de jeu où elle vient d'être défaussée.

Nous verrons au paragraphe consacré à la « descente » que la hauteur de la 21e carte retournée par le donneur à la fin de sa distribution peut, selon les conventions adoptées en début de partie, influer sur le jeu en fixant la hauteur de la « descente ». La couleur de cette carte peut également indiquer si le coup se jouera double ou pas.

LA DONNE A L'OKLAHOMA GIN

La principale différence entre cette forme de jeu et la précédente réside en l'utilisation d'une retourne. Un second paquet, appelé paquet de retourne, est placé en début de jeu sur le côté de la table. Le donneur bat le paquet de jeu, le fait couper à son adversaire et distribue alternativement à chacun 10 cartes face cachée, en commençant par son vis-à-vis. Il dispose ensuite sur la table le reste des cartes, appelé talon, à côté du jeu de retourne. Pendant que le donneur opère, son adversaire dévoile la première carte du paquet de retourne. Cette carte, appelée « retourne », est maintenant visible de tous.

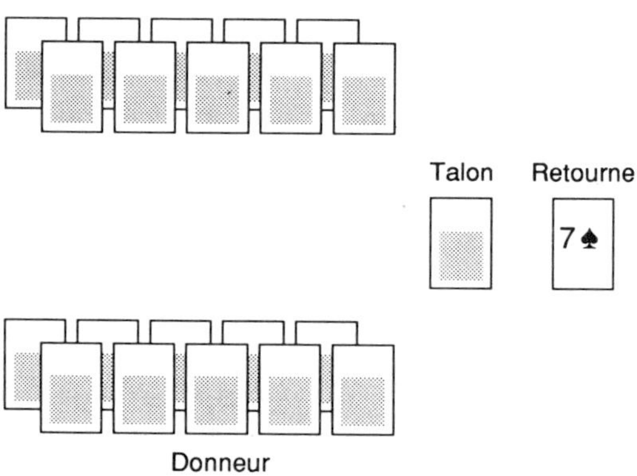

La donne à l'Oklahoma Gin

Une fois la donne achevée, le coup peut commencer : l'adversaire du donneur tire la première carte du talon et en jette une de son jeu, face visible, de façon à toujours n'avoir que 10 cartes en main. En pratique, le coup ne débute pas ainsi, car le donneur donne directement 11 cartes à son adversaire. Ce dernier doit alors défausser sans tirer puisqu'il possède 11 cartes.

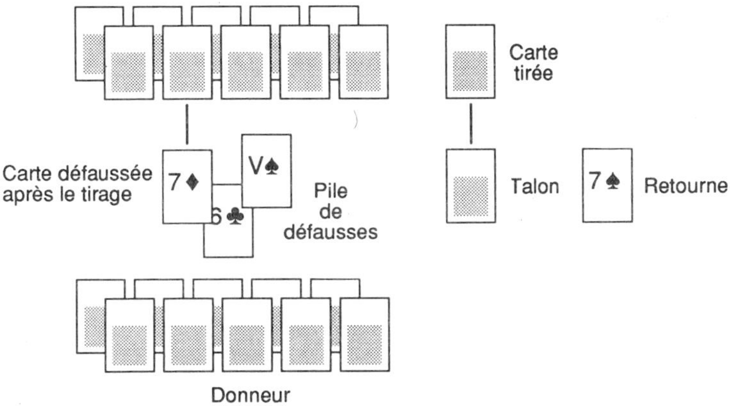

Le tirage et l'écart à l'Oklahoma Gin

A partir du moment où une première défausse a été effectuée, chaque joueur a le choix entre tirer la carte supérieure du talon, inconnue, ou s'emparer de la dernière carte jetée au tapis face visible par son adversaire.

Rappelons qu'on ne peut s'emparer de la carte écartée par l'adversaire qu'au tour de jeu où elle est défaussée. Le coup se poursuit jusqu'à sa conclusion. Une fois le coup terminé et pendant que la nouvelle donne a lieu, l'adversaire du donneur prend la carte supérieure du paquet de retourne, la fait glisser sous le paquet et dévoile la nouvelle carte supérieure qui devient la nouvelle retourne.

LE JEU

L'objectif immédiat consiste à former des combinaisons. Nous allons voir maintenant quand il est permis de poser son jeu. Il existe trois façons différentes de « sortir ». On constatera au chapitre consacré à la marque qu'elles sont d'un intérêt inégal. Nous allons les étudier par ordre croissant de rétribution.

Précisons cependant qu'un joueur n'est nullement tenu de sortir parce qu'il en a la possibilité. Il peut parfaitement choisir d'attendre que sa main s'améliore, pour tenter une sortie plus fructueuse. Indiquons aussi qu'un joueur ne peut poser sa main qu'à son tour de jeu. Le tour de jeu d'un joueur commence quand son adversaire a défaussé une carte, et se termine une fois qu'il a lui-même tiré puis défaussé une carte.

LA DESCENTE ET LA RETOURNE

Un joueur peut « descendre » ou « sortir », c'est-à-dire poser sa main, dès que la valeur cumulée de ses cartes isolées (cartes n'entrant pas dans une combinaison) n'excède pas une valeur qui varie selon que l'on joue au Gin standard ou à l'Oklahoma Gin. Le joueur désirant descendre jette à son tour de jeu sa défausse au centre du tapis et étale les cartes de sa main, formées en combinaisons. Il met à part ses cartes isolées et indique leur valeur cumulée à voix haute, en disant par exemple : « Je descends à 9 », ou plus simplement « à 9 » si le total de leur valeur est de 9 points.

• ***La descente au Gin standard***

Au Gin standard, on a le choix entre deux conven-

tions pour la descente. Il faut choisir en début de session laquelle sera en vigueur.
— La hauteur de la descente est toujours fixée à 10. Si l'on adopte cette convention, un joueur peut descendre dès que le total de ses cartes isolées est égal ou inférieur à 10.

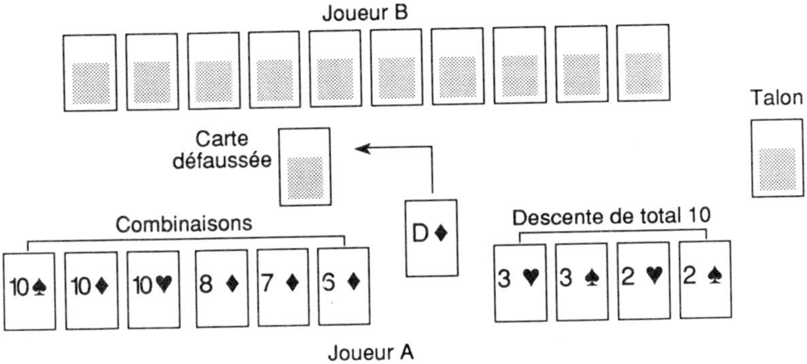

Une descente à 10

Dans l'exemple illustré ci-dessus, le joueur A désire descendre. Pour savoir s'il en a le droit, il détermine la valeur de sa main et la compare à 10. Pour le moment, il doit défausser. Il possède 6 cartes en combinaisons. S'il défausse la D♦, il lui reste 4 cartes isolées dont la valeur cumulée égale 10, puisqu'il s'agit de 2 trois et de 2 deux. La valeur de sa main étant égale à 10, il peut descendre. Pour cela, il jette la D♦ et étale le reste de sa main en disant : « Je descends à 10 », ou plus simplement « à 10 ».
— La hauteur de la descente est égale à la première carte retournée. Si l'on opte pour cette convention, on ne peut descendre que si la valeur cumulée de ses cartes isolées est inférieure ou égale à celle de la première carte retournée, qui est rappelons-le la 21e carte du jeu que le donneur dévoile après avoir

distribué 10 cartes à chacun. En pratique, il vaut mieux noter sur un coin de la marque la valeur de cette carte pour ne pas l'oublier en cours de jeu. Si la retourne est un As, le Gin est obligatoire.

• ***La descente à l'Oklahoma Gin***

Lorsque l'on joue Oklahoma, la descente n'est possible que si la valeur de la main (c'est-à-dire la valeur cumulée de ses cartes isolées) est inférieure ou égale à la retourne. Le mécanisme de cette descente est donc semblable à celui du Gin standard quand la 21e carte est utilisée comme retourne. La seule différence, outre la façon de donner, consiste en ce qu'il existe un paquet de retourne séparé. Précisons là encore que si la retourne est un As, le Gin est obligatoire.

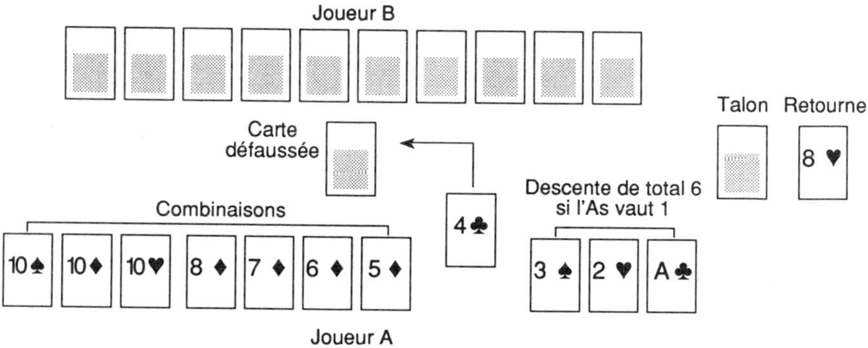

Une tentative de descente

Le diagramme ci-dessus illustre une donne jouée en Oklahoma, ce qu'on reconnaît au fait qu'il existe un paquet de retourne. Le joueur A désire descendre. Pour voir s'il en a le droit, il doit comparer la valeur de sa main à la hauteur de la retourne, qui en l'occurrence est un huit. Il possède 7 cartes incluses dans des combinaisons, cartes qui par conséquent comptent pour zéro : le brelan de dix et la suite quatrième à Carreau. Il a 4 cartes isolées en main mais, comme il peut en défausser une, il doit établir la valeur de sa main après cette défausse. Si la méthode américaine — où l'As est considéré comme la plus basse carte — est en vigueur, il jette le 4♣, ce qui lui laisse un trois, un deux et un As, cartes dont la valeur cumulée est de 6 points, soit moins que la retourne qui est de 8 : il peut donc descendre. Par contre, si la partie se joue en Europe, il y a de fortes chances pour que la convention « Round the corner » soit en vigueur. Dans ce cas, l'As vaut 15 points et non 1. Pour voir si la descente est possible, le joueur A imagine qu'il jette sa plus forte carte isolée qui est l'As. Il lui reste alors un quatre, un trois et un deux, dont la valeur cumulée atteint 9 points. Ce total étant supérieur à la valeur de la retourne qui est de 8, il ne peut descendre et doit continuer à jouer.

LE GIN

Quand un joueur pose sa main avec 10 cartes de son jeu formant des combinaisons, on dit qu'il fait « Gin ». En pratique, il étale ses cartes en défaussant

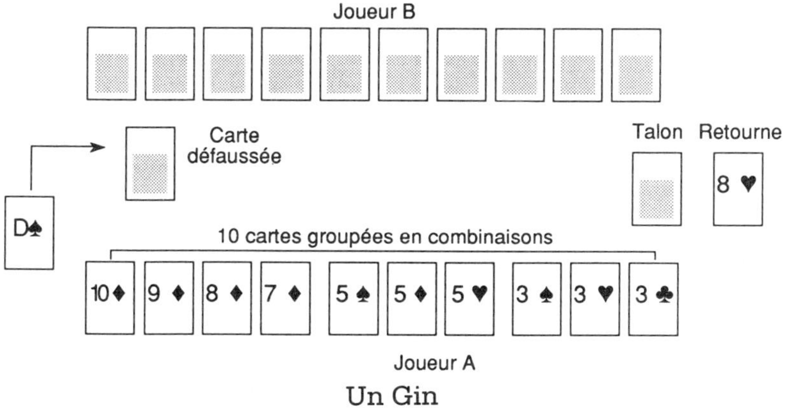

Un Gin

sa 11e carte face cachée au centre de la table et en annonçant « Gin ». On verra au chapitre consacré à la marque qu'un Gin est beaucoup plus rentable qu'une descente.

Le diagramme ci-dessus illustre un Gin : le joueur A, dont c'est le tour de jeu, a 10 de ses 11 cartes employées dans des combinaisons. Il n'est pas obligé de sortir, mais il a la plupart du temps intérêt à le faire, sauf s'il cherche le « gros coup » en tentant le grand Gin. Pour sortir, il défausse sa seule carte isolée qui est la D♠ et étale le reste de son jeu, disposé en combinaisons, en annonçant « Gin ».

LE GRAND GIN

Si un joueur pose son jeu avec non pas 10 cartes se combinant mais 11, on dit qu'il fait « grand Gin ». Il étale ses 11 cartes sur la table, disposées en combinaisons, et annonce : « grand Gin. » Le grand Gin constitue la façon de sortir la plus rentable, à tel point que le joueur qui possède déjà un Gin en main

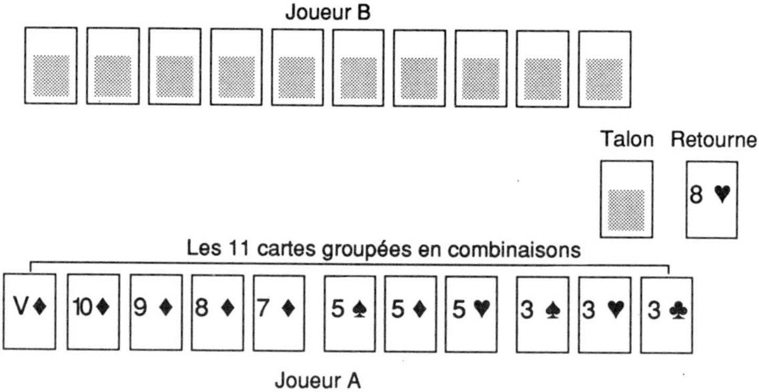

Un grand Gin

s'accorde parfois un ou deux tours avant de poser, dans l'espoir d'améliorer en grand Gin.

Au diagramme représenté page ci-contre, les 11 cartes du joueur A entrent toutes dans la formation d'une combinaison. Celui-ci peut donc faire grand Gin. Pour cela, il étale toutes ses cartes à son tour de jeu en déclarant : « Grand Gin. »

LE COMPTE DES POINTS

Quand un joueur sort, son adversaire est tenu d'étaler également ses cartes. Le poseur encaisse la valeur des cartes isolées de son vis-à-vis, plus des bonifications, selon des modalités qui seront exposées au chapitre consacré à la marque. De temps en temps, il perd le coup, quand il est « underknock » (voir le paragraphe consacré à cette péripétie du jeu).

L'adversaire du poseur est toutefois autorisé à défausser ses cartes isolées sur les combinaisons adverses quand elles les complètent. Quand il use de cette faculté, on dit qu'il « colle » ou qu'il « place »

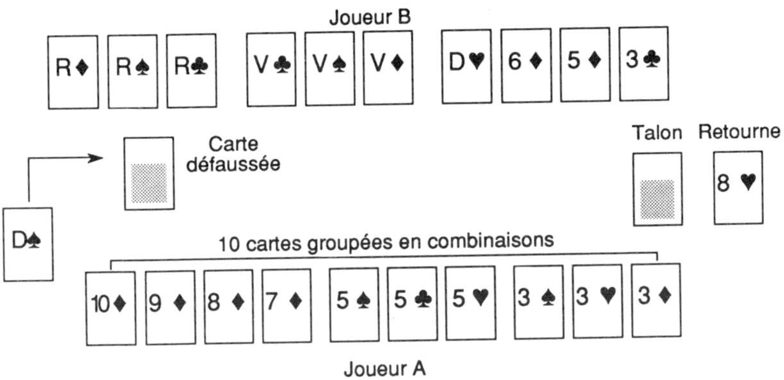

Gin avant placement des cartes adverses

ses cartes. Pour calculer la valeur de sa main, on ne tient pas compte des cartes qu'il parvient à coller.

Prenons comme exemple le diagramme représenté page 27. Le joueur A vient de faire Gin : a priori, il encaisse la valeur de toutes les cartes isolées du joueur B, c'est-à-dire une Dame, un six, un cinq et un trois, pour une valeur totale de 10 + 6 + 5 + 3 = 24 points. En fait, il n'en est rien, car B peut placer son 6♦ et son 5♦ sur la suite à Carreau de A, et son 3♣ sur le brelan de trois.

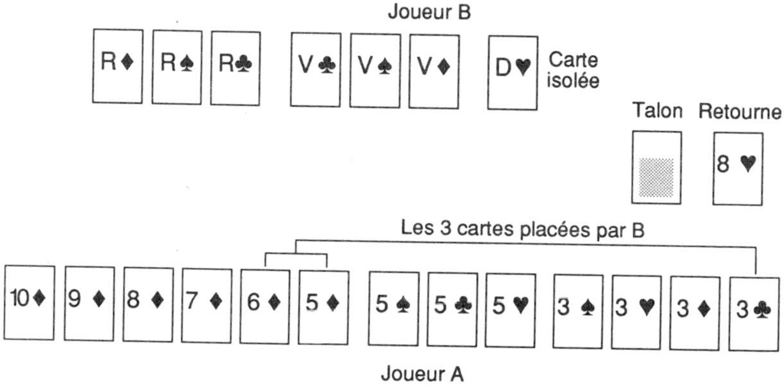

Gin après placement des cartes adverses

La nouvelle situation est représentée au diagramme ci-dessus. La seule carte isolée restante dans la main de B étant maintenant la D♥, A n'encaisse en fait que 10 points.

« L'UNDERKNOCK » OU « UNDERCOAT »

Normalement, le joueur qui sort gagne toujours le coup, sauf dans un cas : lorsqu'il descend et que son adversaire a un nombre de points égal ou inférieur au sien. On dit alors qu'il est « underknock » (ce terme provient de l'anglais où l'on utilise le verbe *to knock* au Gin pour dire descendre). On utilise aussi le terme « undercoat », mais on dit plus généralement « under ».

L'under a lieu quand l'adversaire du poseur à autant ou moins de points que ce dernier ou quand il peut coller assez de cartes pour obtenir un nombre de points inférieur ou égal. Voyons successivement ces deux cas.

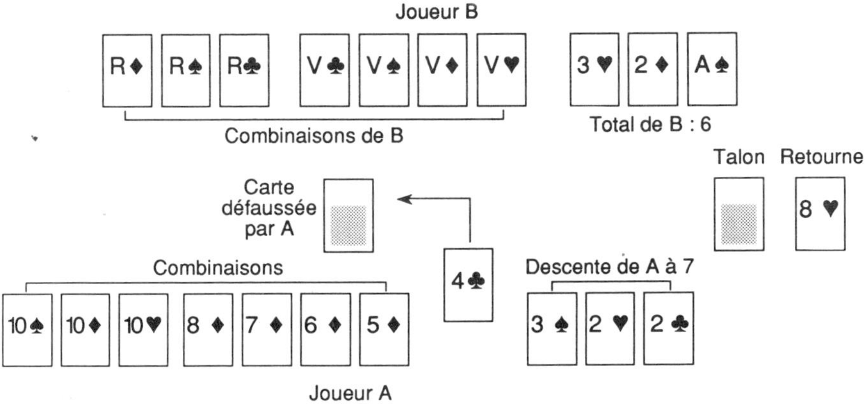

Undercoat naturel

Notre premier exemple est évident : au diagramme ci-dessus, A tente une descente à 7. Il jette son 4♣ et abat ses cartes en disant : « à 7. » Malheureusement pour lui, B a un nombre de points inférieur puisque le total de ses cartes isolées se monte à 6 points seulement (on se place dans le cadre de la méthode américaine où l'As vaut 1 point). B montre son jeu, également rangé par formations, et dit : « Under. » Il est alors crédité de la différence entre la valeur de la descente (7) et le nombre de points qu'il a en main (6). Il gagne donc 1 point, plus des bonifications qui seront exposées dans le chapitre consacré à la marque.

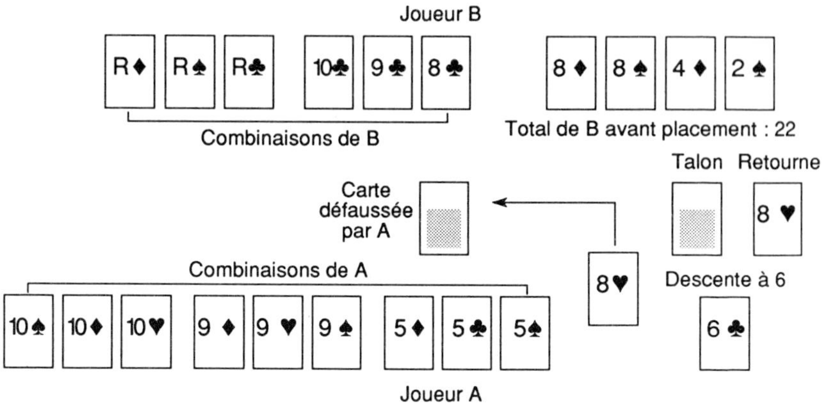

Underknock par placement de cartes

Notre deuxième exemple est plus fin et plus instructif que le précédent. Le joueur A décide là encore de descendre. Il jette sa plus forte carte isolée, le 8♥, puis étale ses cartes en disant : « à 6. » Apparemment, le joueur B a 22 points en main. A devrait donc gagner 22 − 6 = 16 points sur le coup. En fait, il n'en est rien, car il perd la donne. Voyez-vous comment ? Réfléchissez un peu avant de regarder la solution au diagramme suivant.

B n'est en aucun cas tenu de conserver la disposition de cartes qu'il avait adoptée en étalant ses cartes. Son meilleur jeu consiste à casser la suite à Trèfle pour libérer le 8♣ et constituer un brelan avec les deux autres huit. Il peut alors placer le 9♣ et le 10♣ sur les brelans de neuf et de dix adverses. Ses seules cartes isolées sont maintenant le 4♦ et le 2♥. La valeur de sa main est donc de 6 points, identique à celle de A qui est donc under.

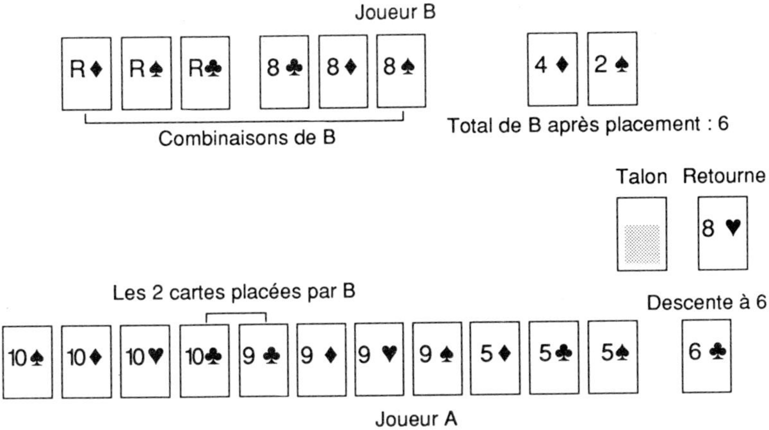

Underknock après placement de cartes

Comme il n'y a pas de différence de points entre A et B, ce dernier remporte uniquement les points de bonification de l'under, qui seront étudiés au chapitre consacré à la marque.

FINESSES DANS LA FAÇON D'ÉTALER

Nous venons de voir que l'adversaire du poseur peut adopter, après que ce dernier ait étalé, la formation de cartes qui lui est le plus favorable. Le poseur peut également choisir de quelle façon il va étaler ses cartes, mais avant de poser : il ne peut plus modifier cette disposition en fonction de la main adverse après étalage. Il lui faut donc choisir soigneusement la formation qu'il entend adopter chaque fois qu'un choix est possible. Il devra opter pour celle permettant à son adversaire de placer le minimum de cartes.

Prenons l'exemple où A possède la main suivante :

S'il descend à 5 sans plus réfléchir en étalant ses cartes dans cet ordre-là, les diagrammes ci-après illustrent ce qui va se passer.

Le total de B avant placement est de 34 points, mais il va placer son V♠ et son 7♠, son V♥ et son 7♦ sur les suites adverses. Son total de points après placement tombe alors à zéro, ce qui lui permet de mettre son adversaire under. La bonne façon d'étaler est illustrée sur le troisième diagramme ci-dessous. B, contrairement à ce qui était le cas au diagramme précédent, ne peut placer aucune carte. Son total reste donc de 34 points ce qui permet à A d'encaisser 34 (total de B) — 5 (hauteur de la descente) = 29 points.

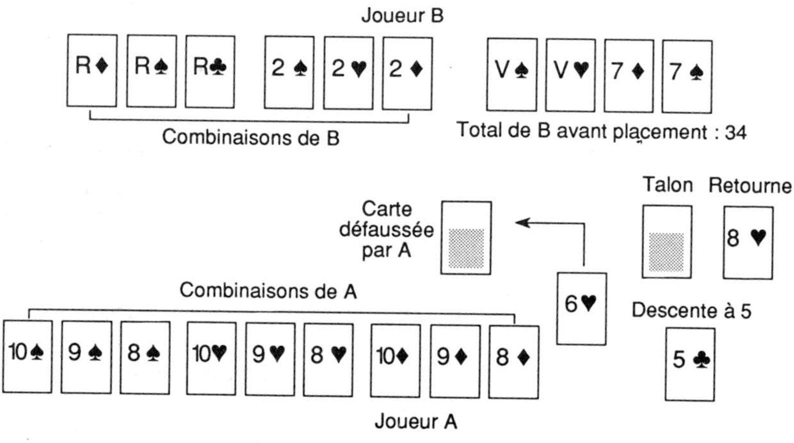

Descente à 5

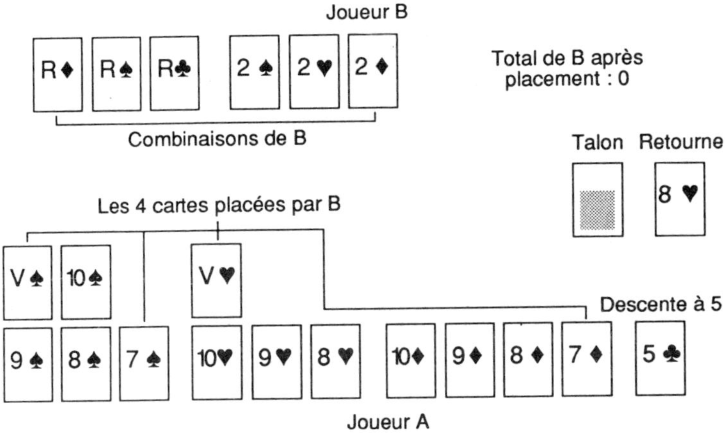

Under

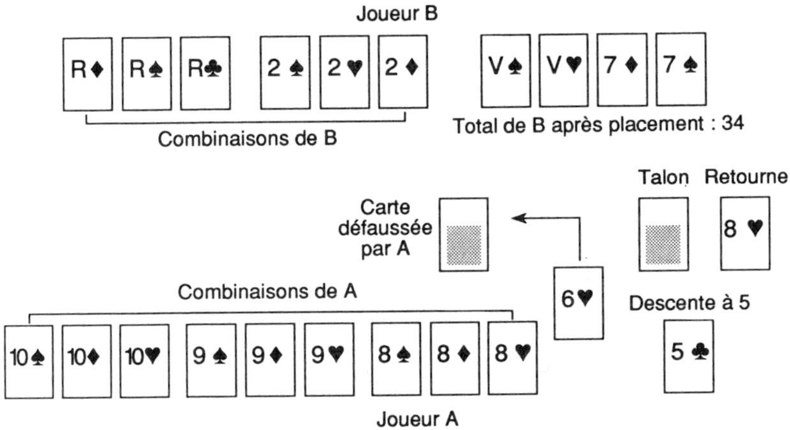

Finesses dans la façon d'étaler

Cette façon d'étaler aurait cependant été mauvaise si les cartes isolées de B avaient été un dix, un neuf et un huit, cartes qu'il aurait pu placer sur les brelans correspondants de A. Sur quelles bases A doit-il donc choisir sa façon d'étaler ? Il aura parfois une idée de la main de B d'après les cartes tirées par ce dernier. Dans ce cas, il déterminera sa façon d'étaler d'après les renseignements qu'il possède. Quand il n'aura aucun renseignement pouvant le guider, il se réglera sur les probabilités de placement adverse : s'il choisit de descendre avec sa main rangée dans l'ordre représenté au premier diagramme, il donne à son adversaire 6 possibilités de placement, car B peut coller une carte à l'extrémité de chaque suite : le V♠ et le 7♠ sur la suite à Pique, le V♥ et le 7♥ sur la suite à Cœur, et enfin le V♦ et le 7♦ sur la suite à Carreau. Mais s'il adopte la disposition du troisième diagramme, il ne donne que 3 possibilités favorables à B : compléter les trois brelans en carrés en collant un dix, un neuf ou un huit. Cette façon de faire est en l'occurrence récompensée : si A descend dans la formation préconisée, il prend 34 points (2 Valets et 2 sept) dans la main de B, moins les 5 points de la descente, soit 29 points. En revanche, s'il choisit de descendre de façon négligente en conservant ses suites à Pique, à Cœur et à Carreau, il est under, car B parvient à placer ses 2 Valets et ses 2 sept.

CHAPITRE 3

LA MARQUE AU GIN

La marque est l'élément moteur du Gin : source d'une grande partie de son intérêt, elle sous-tend la plupart des décisions prises durant le jeu. Si elle nécessite un effort certain pour son apprentissage, elle est cependant vite dominée et récompense généreusement le joueur qui l'étudie en lui permettant de pénétrer les finesses du jeu. Pour la maîtriser, le mieux est de commencer à tenir soi-même les comptes dès que l'on apprend à jouer. Cet effort doit être accompli tôt ou tard, car un joueur doit tenir sa propre marque pour savoir où il en est et quelle est sa position dans la partie : tenir la marque permet de se fixer des objectifs clairs et, le cas échéant, de les modifier.

GAIN DU COUP ET GAIN DE LA PARTIE

Une partie est constituée d'une somme de coups individuels. Le gain d'un coup et le gain de la partie, bien qu'intimement liés, sont différents : le gagnant de la partie n'est pas celui qui a gagné le plus de coups, mais celui qui a marqué le plus de points grâce aux coups qu'il a gagnés. Le gagnant de la partie est en effet le premier joueur à atteindre un certain total, qui dépend des conventions adoptées en début de jeu. Nous dresserons le catalogue complet des diverses possibilités dans le chapitre intitulé « Quelles règles adopter ? ». Sachez toutefois que ce chiffre varie entre 100 et 350 points.

Le gagnant d'un coup inscrit ses points sur une feuille de marque. Ces points proviennent de deux sources : d'une part les points pris sur l'adversaire, d'autre part les points de bonification et de prime. Nous étudierons d'abord les points pris sur l'adversaire, puis nous verrons comment s'obtiennent et se calculent les points de bonification et de prime.

RETOURNE PIQUE ET RETOURNE CŒUR : COUPS JOUÉS DOUBLE

On peut adopter une convention selon laquelle les coups joués comptent double quand la retourne est Pique et, s'il n'y a pas de retourne parce qu'on joue au Gin standard, quand la 21e carte retournée par le donneur est un Pique. Sont doublés les points pris sur l'adversaire et les points de bonification et de prime, mais pas la cocotte de ligne, exception que nous étudierons plus bas. Certains corsent plus encore le jeu en admettant également Cœur au rang de couleur multiplicatrice. Tout coup joué alors avec une retourne Pique ou Cœur est double. Ce redoublement artificiel des enjeux est très amusant dans la mesure où il ajoute du piment, mais est dangereux, car il peut être la source d'écarts importants. On décide avant d'entamer la partie quelle convention on adoptera.

LES POINTS PRIS SUR L'ADVERSAIRE

Le nombre de points gagnés sur un coup dépend à la fois de la main du gagnant et de celle du perdant :

on prend la valeur cumulée des cartes isolées de ce dernier moins les cartes qu'il peut placer sur les combinaisons du gagnant.

Cartes pouvant être placées sur une combinaison du poseur

Si par exemple le poseur étale le 7♠, le 8♠ et le 9♠ comme représenté au diagramme ci-dessus, son adversaire peut coller le 6♠ et le 10♠ qui allongent cette suite à Pique, et même le 5♠ ou le V♠ à condition bien entendu d'avoir placé le 6♠ ou le 10♠, etc.

Cette règle est simple, mais son application peut parfois poser un problème quand on ne s'est pas entendu en début de jeu sur les règles en vigueur dans la partie. Deux conceptions s'opposent en effet concernant la possibilité de placer les cartes isolées : selon certains, l'adversaire du poseur ne peut coller de cartes qu'après une descente, tandis que pour les autres il peut le faire en toutes circonstances. La différence entre les deux théories est de taille, et il convient de fixer en début de session les règles selon lesquelles se jouera la partie. Voyons comment s'appliquent ces deux théories en pratique.

LES POINTS NE PEUVENT ÊTRE DÉFALQUÉS QU'EN CAS DE DESCENTE

Selon cette règle assez répandue — elle est appliquée par environ la moitié des joueurs de Gin —

l'adversaire du poseur n'est autorisé à placer ses cartes sur les combinaisons de son vis-à-vis (et donc de défalquer les points correspondants) que lorsque ce dernier étale son jeu par une descente. Par conséquent, le poseur encaisse tous les points correspondant aux cartes isolées de son adversaire, sans aucune exception, quand il étale par Gin ou par grand Gin.

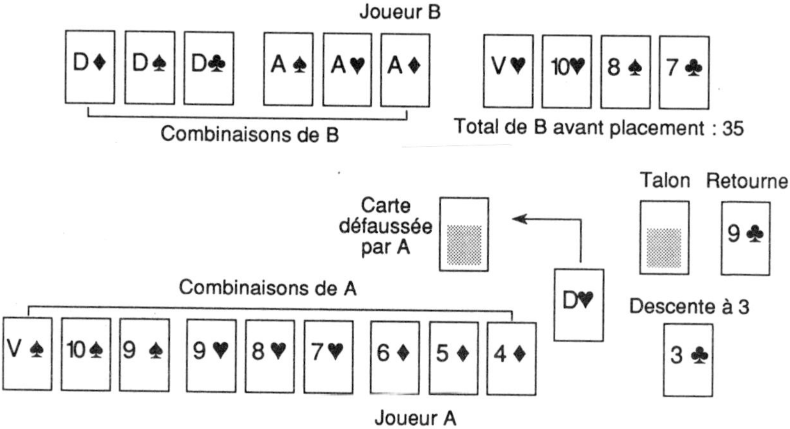

Descente et Gin

Au diagramme ci-dessus, B parvient à coller son V♥, son 10♥ et son 8♠ sur les combinaisons de A, si celui-ci descend immédiatement à trois. Dans cette hypothèse, A gagne seulement quatre points sur B, ce dernier restant avec un sept contre le trois de la descente. Remplaçons maintenant le 3♣ par un 3♦, et A peut faire Gin. Si l'on joue la règle selon laquelle les points du perdant ne peuvent être défalqués qu'en cas de descente, B n'a plus le droit de placer ses cartes sur le jeu de A, et ce n'est pas 4 points que ce dernier encaisse, mais l'intégralité des cartes isolées de B, c'est-à-dire 35 points.

LES POINTS PEUVENT TOUJOURS ÊTRE DÉFALQUÉS

La conception précédente est très sévère. Les joueurs qui la préconisent arguent du fait qu'elle donne du piment au jeu en incitant les joueurs à faire Gin, même au prix de risques élevés. On verra cependant qu'un poseur de Gin ou de grand Gin bénéficie déjà d'avantages suffisants pour inciter à chercher le Gin de préférence à la descente. On peut donc légitimement préférer la seconde règle, exposée ci-dessous, qui donne des parties tout aussi amusantes, sans trop déséquilibrer le jeu.

Selon cette conception, qui est généralement celle retenue en Europe, l'adversaire du poseur peut toujours placer ses cartes isolées sur les combinaisons adverses, que le poseur étale par descente, Gin ou grand Gin. Placer des cartes sur les combinaisons du poseur autorise bien entendu à en défalquer la valeur : si l'on reprend l'exemple ci-dessus, B reste uniquement avec un sept en main, que A étale par une descente ou par un Gin.

LES POINTS DE BONIFICATION ET LES POINTS DE PRIME, OU COCOTTES

On distingue les points de bonification des points de prime, ou cocottes, du fait que seuls les premiers interviennent de façon active dans le déroulement du jeu. Les cocottes ont un rôle de pure récompense et ne sont calculées et ajoutées aux scores respectifs des deux joueurs qu'une fois la partie terminée.

LA FEUILLE DE MARQUE

Dans sa forme la plus simple, la feuille de marque est composée d'une colonne pour chaque joueur, séparée par une barre horizontale. Les points gagnés sur l'adversaire et les points de bonification s'inscrivent dans la partie supérieure et sont pris en compte pour le calcul du gain de la partie, tandis que les points de prime sont inscrits dans la partie inférieure et n'interviennent que dans le compte final des points, pour savoir de combien la partie a été gagnée.

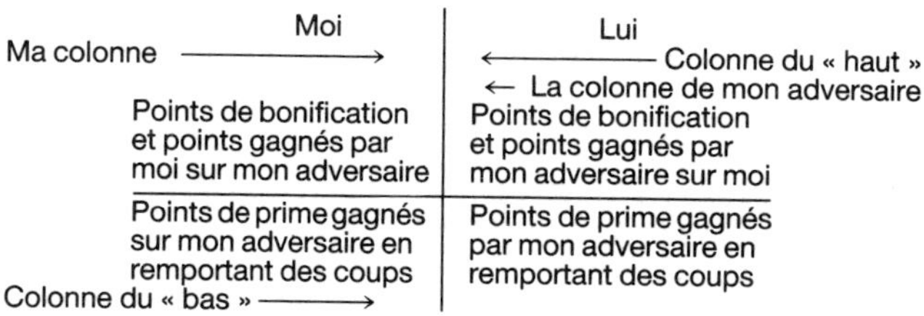

La feuille de marque sur une colonne

La partie est gagnée dès qu'un joueur obtient ou dépasse 100 points dans la colonne du haut. Ce total est souvent augmenté jusqu'à 150 points lorsqu'on joue Pique double, et même jusqu'à 200 points si l'on joue Pique et Cœur doubles. Le gagnant de la partie reçoit une prime dite « de gain de colonne » d'un montant égal au nombre de points requis pour gagner cette colonne : 100 points si la partie se joue en 100 points, 150 points si elle se joue en 150 points ou 200 points si elle se joue en 200 points.

Nous verrons plus bas des exemples de marque. Sachez toutefois que cette forme de jeu sur une seule colonne tend à disparaître depuis l'apparition du « Hollywood Gin », expliqué plus loin, qui se score sur trois colonnes. Le principe de marque reste cependant le même dans les deux cas.

LES POINTS DE BONIFICATION

Le fait de gagner un coup ouvre droit à des bonifications quand la main est gagnée par under, Gin ou grand Gin. Seuls l'under, le Gin et le grand Gin sont récompensés, car leur réalisation est difficile, voire risquée. La descente, quant à elle, ne rapporte rien. Le montant des bonifications est indiqué ci-dessous :
— l'under rapporte 20 points ;
— le Gin rapporte 25 points ;
— le grand Gin rapporte 50 points.

Les points de bonification sont ajoutés aux points pris sur l'adversaire et inscrits dans la colonne du haut de la feuille de marque. Comme seul le gagnant du coup remporte des points, on ne note rien sur la colonne de son adversaire. Prenons l'exemple suivant : A fait Gin et prend 17 points dans la main de B. Il marque 25 points (pour le Gin) + 17 points (pris sur B), soit 42 points inscrits « en haut ». La feuille de marque a alors l'aspect du diagramme ci-dessous (on ne tient pas compte des points de prime qui seront étudiés au paragraphe suivant).

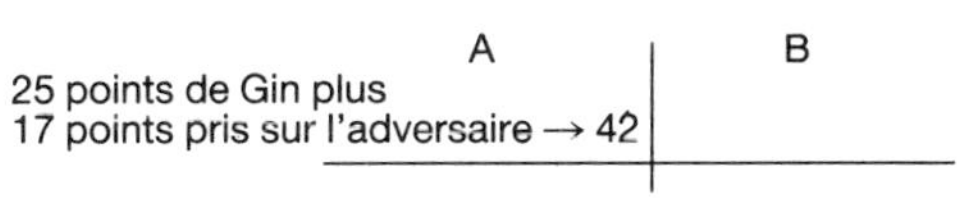

La marque

Supposons maintenant que A gagne le coup suivant par descente et qu'il prenne 11 points dans la main de B. La descente n'ouvrant pas droit à bonification, il gagne uniquement 11 points, qui s'ajoutent à ses 42 points précédents pour donner un total de 53 points. La feuille de marque a alors l'aspect d'un des deux diagrammes ci-dessous (toujours sans tenir compte des points de prime).

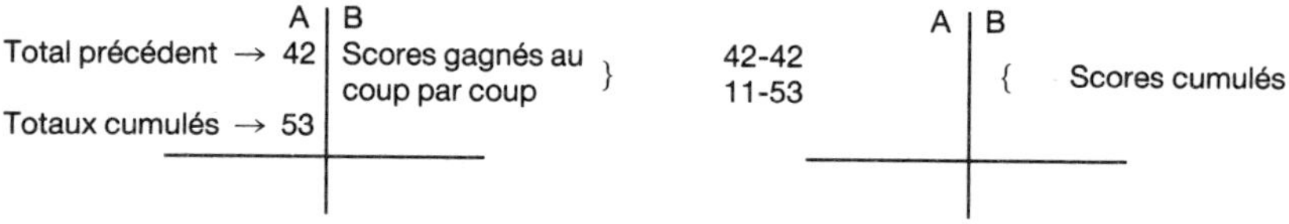

Les deux façons de marquer les points

Si deux feuilles de marque figurent sur le diagramme ci-dessus, c'est qu'il existe deux façons de noter les points. Sur la partie gauche du diagramme, on se contente de noter les scores totaux sans inscrire les scores intermédiaires. Chaque score représente donc le score cumulé de tous les coups précédents. Les 11 points venant d'être gagnés par A n'apparaissent à aucun moment sur la feuille de marque de façon directe. On peut cependant déduire le nombre de points marqués par A par différence entre ses deux derniers scores, en déduisant 42 de 53. Sur la partie droite du diagramme, on note de façon minutieuse le montant du score acquis sur chaque coup et, à son côté, le total cumulé de ce score et du score précédent. On marquera donc 11 points et, à côté, 53 points représentant les totaux cumulés. La seconde façon de marquer est peu employée en pratique, bien qu'elle soit nettement plus précise.

LES POINTS DE PRIME : LES COCOTTES

Les points de prime, dits « cocottes », servent comme on l'a dit à récompenser les joueurs, mais seulement après la fin de la partie : on ne tient en effet pas compte de ces points pour déterminer la fin de la partie. On leur donne le nom de cocottes parce qu'ils se comptent par unités indivisibles de 25 points nommées « cocottes ». Il y a deux types de cocottes : la cocotte de ligne qui s'obtient en gagnant un coup quelconque, et les cocottes d'abattage qui s'obtiennent si le coup a été gagné par under, Gin ou grand Gin.

• *La cocotte de ligne*

Le simple fait de remporter un coup rapporte chaque fois une cocotte. Une cocotte et une seule, que le coup ait été gagné par une descente, par un Gin ou par un grand Gin. Rappelons à ce propos que lorsqu'on joue Pique double, ou Pique et Cœur doubles, tous les points de la donne sont doublés, à l'exception de cette cocotte de ligne que nous étudions. C'est cette caractéristique qui différencie les cocottes de ligne des cocottes d'abattage abordées plus loin.

Il existe deux façons de compter les cocottes de ligne : soit en dénombrant à la fin de la partie le nombre de coups gagnés par chaque joueur, soit en notant directe-

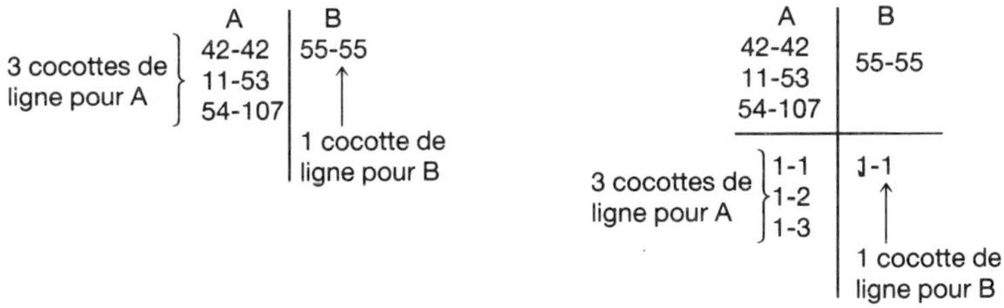

Les deux façons de marquer les cocottes de ligne

tement ces cocottes en bas de la feuille de marque au fur et à mesure qu'elles sont gagnées. Nous vous conseillons la seconde méthode, qui est plus pratique.

Le diagramme de la page précédente montre les deux façons de marquer. Le joueur A a remporté la partie puisqu'il a dépassé 100 points. A gauche du diagramme, on n'a pas marqué les cocottes au moment où elles ont été gagnées. Il est donc nécessaire de compter maintenant combien de fois chaque joueur a marqué et on rajoute à chacun une cocotte par ligne où il a marqué (marquer dans sa colonne signifie en effet que l'on a gagné un coup) : façon de faire dont la cocotte de ligne tire son nom. A droite du diagramme, on fait directement apparaître les cocottes de ligne en les marquant dans la colonne du bas : on n'a donc plus rien à compter en fin de partie, ce qui évite des fautes.

• ***Les cocottes d'abattage***

Le fait de gagner un coup par Gin, grand Gin ou under rapporte un certain nombre de cocottes d'abattage qui seront marquées en bas de la feuille de marque, et dont le montant est indiqué ci-dessous :

— l'under rapporte 1 cocotte ;
— le Gin rapporte 2 cocottes ;
— le grand Gin rapporte 4 cocottes.

Les cocottes d'abattage, contrairement à la cocotte de ligne, sont multipliables quand le coup se joue double.

Si l'on décide de compter les cocottes de ligne en fin de partie seulement, on ne marque en bas que les cocottes d'abattage. Cette façon de faire est représentée dans la partie gauche du diagramme ci-contre. En pratique, on cumule généralement cocotte de ligne et cocottes d'abattage, comme représenté dans la partie droite du diagramme.

Supposons que A effectue un Gin, qui lui rapporte

42 points, une descente, qui lui rapporte 11 points, et un Gin, qui lui rapporte 54 points, pendant que B gagne 55 points par un grand Gin. Si l'on ne marque pas les cocottes de ligne en bas (diagramme de gauche), A marque 3 cocottes de ligne en haut et 4 cocottes d'abattage en bas (2 pour le Gin et 2 pour le second Gin) pour un total général de 3 + 4 = 7 cocottes. B marque quant à lui 4 cocottes de grand Gin en bas et 1 cocotte de ligne en haut pour un total général de 4 + 1 = 5 cocottes. Si l'on marque directement les cocottes ensemble (diagramme de droite), A inscrit d'emblée 7 cocottes en bas (3 pour le Gin, 1 pour la descente et 3 pour le second Gin), et B inscrit 5 cocottes pour le grand Gin.

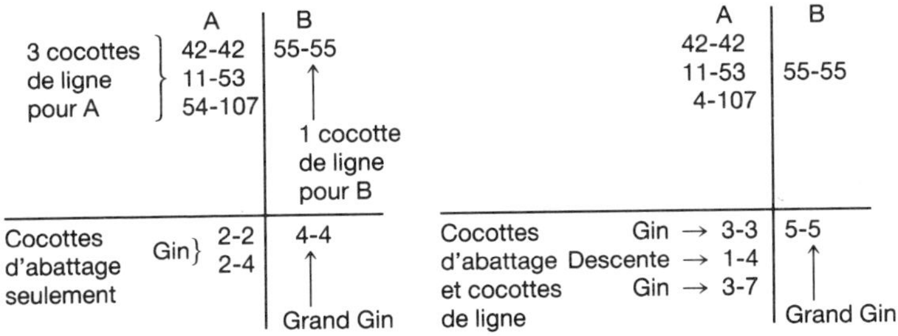

Les deux façons de marquer cocottes de ligne et d'abattage

RÉSUMÉ DE LA MARQUE

Nous connaissons maintenant tous les éléments permettant de tenir la marque dans une partie simple. Rappelons-les brièvement dans le tableau ci-dessous qui expose en deux lignes consécutives les points de bonifications et les cocottes rapportés par chaque façon de gagner. La première ligne indique les chiffres valables si le coup est simple, la seconde ligne ceux valables si le coup est double. On remarque que si les bonifications doublent d'une ligne à l'autre, les cocottes ne suivent pas la même progression.

C'est le cas par exemple de l'under, qui permet de gagner 2 cocottes si le coup est simple, mais seulement 3 cocottes si le coup est double. La cocotte manquante vient de ce que les cocottes de l'under ne sont pas de même origine : elles sont formées d'une cocotte de ligne non multipliable et d'une cocotte d'abattage multipliable, ce qui fait que seule cette dernière est doublée.

POINTS DE BONIFICATION ET COCOTTES POUR LES COUPS JOUÉS SIMPLES OU DOUBLES							
Façon dont on a gagné	Points de bonification	Cocotte de ligne	Cocottes d'abattage	Total (simple) Points	Cocottes	Total (double) Points	Cocottes
DESCENTE	0	1	0	0	1		
(double)	0	1	0			0	1
UNDER	20	1	1	20	2		
(double)	40	1	2			40	3
GIN	25	1	2	25	3		
(double)	50	1	4			50	5
GRAND GIN	50	1	4	50	5		
(double)	100	1	8			100	9

Le tableau représenté plus bas, plus succinct encore, permet de se remémorer facilement les chiffres importants du tableau ci-dessus. Il résume les gains en points et en cocottes correspondant aux diverses façons de remporter le coup, selon que ce dernier s'est joué simple ou double. Les chiffres indiqués pour les cocottes s'entendent toutes cocottes confondues, la cocotte de ligne ayant été ajoutée d'office aux cocottes d'abattage.

MARQUE, TOUTES COCOTTES CONFONDUES, POUR LES COUPS JOUÉS SIMPLES OU DOUBLES		
GAINS	GAINS SI LE COUP EST SIMPLE	GAINS SI LE COUP EST DOUBLE
DESCENTE	* les points adverses * 1 cocotte	* le double des points adverses * 1 cocotte
UNDER	* les points adverses * 20 points * 2 cocottes	* le double des points adverses * 40 points * 3 cocottes
GIN	* les points adverses * 25 points * 3 cocottes	* le double des points adverses * 50 points * 5 cocottes
GRAND GIN	* les points adverses * 50 points * 5 cocottes	* le double des points adverses * 100 points * 9 cocottes

LES COMPTES

Les diagrammes ci-dessous montrent comment se présente la feuille de marque d'une partie complète (se jouant en 100 points) après les péripéties suivantes :
a) A fait Gin sur un coup simple et prend 17 points chez B ;
b) A descend sur un coup simple et prend 11 points chez B ;
c) A descend à 7 sur un coup double, mais B, qui a 4 points seulement, le met under ;
d) B fait grand Gin sur un coup simple, mais A parvient à placer toutes ses cartes sur les combinaisons de B ;
e) A fait Gin sur un coup double et prend 2 points chez B.

Le diagramme de gauche montre une feuille de marque tenue avec précision ; en pratique, les joueurs marquent de la façon représentée au diagramme de droite, c'est-à-dire sans faire figurer les résultats intermédiaires. Avant de regarder ces diagrammes, nous vous conseillons d'essayer de les réaliser par vous-même, afin de vous exercer à tenir la marque.

	A	B	
a)	42-42	46-46	c)
b)	11-53	50-96	d)
e)	54-107		
f)	100		
a)	3-3	3-3	c)
b)	1-4	5-8	d)
e)	5-9		

	A	B	
a)	42	46	c)
b)	53	96	d)
e)	107		
f)	100		
a)	3	3	c)
b)	4	8	d)
e)	9		

La marque d'une partie

Voici comment établir ces feuilles de marque en pratique :

a) A marque en haut 25 points de Gin et 17 points pris sur B, soit 42 points. Il marque en bas 3 cocottes : 2 cocottes de Gin et une cocotte de ligne ;

b) A marque en haut les 11 points qu'il a pris dans la main de B, et 1 cocotte de ligne en bas ;

c) B marque en haut 20 points d'under plus la différence entre la hauteur de la descente (7) et ses propres points (4), soit 3 points. Il multiplie par 2 les 23 points ainsi obtenus parce que le coup est double, et marque 46 points en haut. En bas, il marque 3 cocottes : la cocotte de ligne non multipliable et la cocotte d'under multipliable par 2 ;

d) B ne marque en haut que les 50 points du grand Gin, puisqu'il ne prend aucun point supplémentaire sur A, qui a réussi à placer toutes ses cartes. En bas, il marque 5 cocottes : la cocotte de ligne plus les 4 cocottes du grand Gin ;

e) A marque en haut les 25 points du Gin auxquels s'ajoutent les 2 points pris sur B, soit 27 points, multipliés par 2 parce que le coup se joue double. Il marque donc en définitive 54 points en haut. En bas, il marque 5 cocottes : la cocotte de ligne non multipliable plus les 2 cocottes de Gin multipliées par 2 ;

f) à ce stade, A a gagné la partie. Il s'ajoute donc 100 points.

Il est maintenant temps de faire les comptes définitifs :

— A a marqué en haut 107 points auxquels s'ajoutent 100 points de gain de partie, soit 207 points. Rappelons en effet que le gagnant remporte en fin de partie un bonus égal au nombre de points nécessaire au gain de la partie, en l'occurrence 100 points. En bas, A gagne 9 cocottes, soit 9 × 25 = 225 points. Son total général est donc de 207 + 225 = 432 points ;

— B a, quant à lui, marqué 96 points en haut. Comme il a 8 cocottes représentant 8 x 25 = 200 points, son total est de 296 points ;

— A gagne la différence entre son total et celui de B : 432 — 296, soit 136 points.

En pratique, on n'effectue les comptes que sur la différence de points existant entre le gagnant et le perdant : on voit que A gagne en haut 207 points contre 96, soit un écart de 111 points. En bas, il a 9 cocottes contre 8. Il gagne donc 1 cocotte, soit 25 points. Si l'on ajoute ces 25 points du bas aux 111 points qu'il gagne en haut, on aboutit également au total de 136 points, mais de façon beaucoup plus rapide et avec moins de risques d'erreur.

LE HOLLYWOOD GIN

Nous avons jusqu'à présent étudié la marque la plus simple, correspondant à une partie jouée en une seule colonne. Ce type de partie se joue habituellement en 100 points, parfois davantage selon que l'on adopte ou non les conventions « Pique double » ou « Pique et Cœur doubles ». Cette marque, qui donne lieu à des parties sans grande émotion, a été améliorée dans la partie dite « Hollywood Gin ». Cette dernière est maintenant la plus jouée, en Europe en tout cas.

LES COLONNES ET LA MARQUE AU HOLLYWOOD GIN

Dans la forme de jeu dite Hollywood Gin, les deux protagonistes disputent simultanément trois parties, dont les résultats s'ajoutent et s'enchevêtrent. La feuille de marque correspondante est représentée au diagramme ci-dessous. On remarque que chaque joueur possède trois colonnes dans la partie de la feuille de marque qui lui est réservée. Ces colonnes sont séparées, comme précédemment, par une ligne horizontale. Là encore, points gagnés sur l'adversaire et points de bonification s'inscrivent dans la partie supérieure, tandis que cocottes de ligne et d'abattage s'inscrivent dans la partie inférieure.

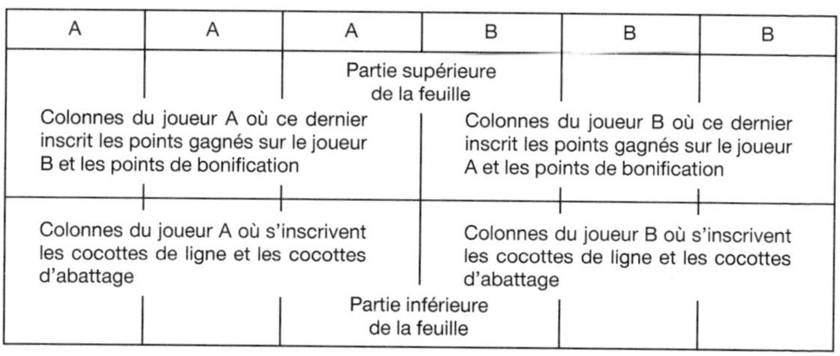

La feuille de marque au Hollywood Gin

L'originalité profonde de la méthode de marque du Hollywood Gin consiste en la mise en route progressive des trois colonnes. Chaque fois qu'un joueur marque, il « ouvre » une colonne, ce qui lui donne le droit d'y inscrire ses gains : points gagnés sur l'adversaire et points de bonification en haut, cocottes en bas.

On marque simultanément ses points dans toutes ses colonnes ouvertes. Les premiers points gagnés par un joueur commencent par être inscrits sur une seule colonne (la première), mais dès qu'il gagne un deuxième coup, il marque ses points non seulement sur la première colonne — où ils sont ajoutés aux points existants —, mais aussi sur la deuxième colonne. A partir du moment où un joueur gagne un troisième coup et donc ouvre sa troisième colonne, il inscrit ses points sur ses trois colonnes.

A	A	A	B	B	B
(a) 42-42 (b) 11-53 (c) 6-59	(b) 11-11 (c) 6-17	(c) 6-6			
(a) 3-3 (b) 1-4 (c) 1-5	(b) 1-1 (c) 1-2	(c) 1-1			

La feuille de marque au Hollywood Gin

Le diagramme ci-dessus montre une feuille de marque après les trois donnes suivantes : A commence par marquer un Gin sur un coup simple en prenant 17 points dans la main adverse (coup inscrit en a sur la feuille de marque) ; il marque donc 25 + 17 = 42 points en haut de la première colonne et 3 cocottes en bas. Puis, ce même joueur descend sur un coup simple en prenant 11 points dans la main adverse (coup inscrit en b sur la feuille de marque) : il marque 11 points en haut et 1 cocotte en bas sur la deuxième colonne, et reproduit ces résultats sur la première colonne. Il a maintenant 11 points et 1 cocotte sur la deuxième colonne, et 53 points et 4 cocottes sur la première. Enfin, A descend à 7 sur un coup double alors que B a 10 points en main (coup marqué en c sur la feuille de marque) : A inscrit sur la troisième colonne 10 points (valeur des cartes isolées de B) — 7 points (valeur de la descente) x 2 (parce que le coup est double) = 6 points en haut et 1 cocotte en bas. Il se rajoute la même chose sur ses deux autres colonnes, ce qui lui donne 17 points et 2 cocottes sur la deuxième colonne et 59 points et 5 cocottes sur la première.

LES BONUS DE FIN DE PARTIE

On dit qu'un joueur « gagne » une colonne quand il atteint ou dépasse un certain nombre de points dans cette colonne. Ce nombre, fixé à l'avance, est habituellement de 250 points si la partie se joue simple ou avec Pique double, et de 350 points si la partie se joue Pique et Cœur doubles : on dit que la colonne se gagne en 250 ou en 350 points, selon le cas. Toute colonne gagnée est immédiatement gelée pour les deux joueurs, et ni son vainqueur ni son adversaire ne peuvent plus y marquer de points : la colonne est dite « fermée ».

La partie s'achève lorsque les trois colonnes ont été gagnées. Il peut arriver qu'un même joueur gagne ces trois colonnes, comme il est possible que leur gain se partage entre les deux joueurs, l'un gagnant deux colonnes pendant que l'autre en gagne une.

Le gagnant de chaque colonne empoche une prime égale au nombre de points fixé pour le gain de cette colonne : 250 points si elle se gagne en 250 points, 350 points si elle se gagne en 350 points. Si un joueur ne marque aucun point dans une colonne, on dit qu'il est « Blitz » ou « Schneid » dans cette colonne. Dans ce cas, tous les points et cocottes marqués par son adversaire sur cette colonne sont doublés. Il est possible de se faire blitzer sur une, deux ou trois colonnes.

Une fois la partie achevée, on effectue les comptes pour connaître le gagnant final de la partie, qui n'est pas forcément le joueur ayant gagné le plus de colonnes. Il est en effet possible de gagner deux des trois colonnes et de perdre la partie selon la façon dont les colonnes ont été gagnées : par quel écart de points, par quel écart de cocottes, avec ou sans blitz, etc.

LES COMPTES AU HOLLYWOOD GIN

Pour donner une idée de la façon dont s'effectuent les comptes au Hollywood Gin, nous allons offrir maintenant un rapide exemple de partie complète (Pique et Cœur doubles, colonnes en 350 points). Comme nous vous l'avons déjà conseillé pour la marque au Gin simple, essayez de réaliser d'abord vous-même la feuille de marque correspondante avant de regarder la solution au diagramme ci-dessous, afin de voir si vous avez bien assimilé les difficultés inhérentes à ce type de marque. Voici les événements relatifs à la partie :

a) B fait Gin sur un coup simple et prend 10 points chez A ;
b) A descend à 5 sur un coup simple, mais B qui a 2 points seulement le met under ;
c) B fait grand Gin sur un coup double et prend 57 points chez A ;
d) A descend à 7 sur un coup double, mais B qui a 7 points seulement en main le met under ;
e) B fait Gin sur un coup double et prend 20 points chez A ;
f) A fait grand Gin sur un coup double et prend 30 points dans la main de son adversaire ;
g) A fait grand Gin sur un coup double et prend 45 points chez B ;

A	A	A	B	B	B
(e) Colonne fermée, gagnée par B qui a dépassé 350 pts	(e) Colonne fermée, gagnée par B qui a dépassé 350 pts	(f) 160-160 (g) 190-350 (g) Colonne fermée, gagnée par A qui a égalé 350 pts	(a) 35-35 (b) 23-58 (c) 214-272 (d) 40-312 (e) 90-402 (e) Colonne fermée, gagnée par B qui a dépassé 350 pts	(b) 23-23 (c) 214-237 (d) 40-277 (e) 90-367 (e) Colonne fermée, gagnée par B qui a dépassé 350 pts	(c) 214-214 (d) 40-254 (e) 90-344 (g) Colonne fermée, gagnée par A qui a égalé 350 pts
(e) Colonne fermée, B ayant dépassé 350 pts	(e) Colonne fermée, B ayant dépassé 350 pts	(f) 9-9 (g) 9-18 (g) Colonne fermée, gagnée par A qui a égalé 350 pts	(a) 3-3 (b) 2-5 (c) 9-14 (d) 3-17 (e) 5-22 (e) Colonne fermée, B ayant dépassé 350 pts	(b) 2-2 (c) 9-11 (d) 3-14 (e) 5-19 (e) Colonne fermée, B ayant dépassé 350 pts	(c) 9-9 (d) 3-12 (e) 5-17 (g) Colonne fermée, gagnée par A qui a égalé 350 pts

Exemple complet de marque dans une partie de Hollywood Gin

Voici comment on établit cette feuille de marque en pratique :

a) B marque en haut de sa première colonne 25 points de Gin et 10 points pris sur A, soit 35 points. Il marque en bas de cette même colonne 3 cocottes : 2 cocottes de Gin et 1 cocotte de ligne ;

b) B marque en haut de sa deuxième colonne 20 points d'under plus la différence entre les 5 points de la descente et les 2 points qu'il a en main, 3 points, ce qui fait 23 points en tout. Il marque également en bas de cette colonne sa cocotte d'under et sa cocotte de ligne. Il reporte ces résultats sur sa première colonne, où il ajoute 23 points en haut et 2 cocottes en bas ;

c) B ouvre sa troisième colonne. Il marque en haut de cette dernière 50 points de grand Gin auxquels s'ajoutent 57 points pris à son adversaire, soit 107 points, multipliés par 2 car le coup se joue double, ce qui

donne 214 points. En bas de sa troisième colonne, il marque 9 cocottes : la cocotte de ligne non multipliable et les 4 cocottes du grand Gin multipliées par 2. Il reporte ses gains, soit les 214 points et les 9 cocottes sur sa deuxième puis sur sa première colonne. A partir de maintenant, il inscrira tous les points qu'il gagnera sur ses trois colonnes, tant qu'elles ne seront pas fermées ;
d) B marque sur ses trois colonnes 20 points d'under multipliés par 2 car le coup est double, soit 40 points. Il ne gagne aucun autre point car il n'existe pas de différence entre la valeur de ses cartes (7) et la hauteur à laquelle A est descendu (7 également). B marque en bas de ses trois colonnes 3 cocottes : la cocotte de ligne non multipliable et la cocotte d'under qui est multipliée ;
e) B marque sur ses trois colonnes 25 points de Gin auxquels s'ajoutent 20 points pris sur A, soit 45 points, multipliés par 2 parce que le coup se joue double. Il marque donc 90 points en haut sur trois colonnes. En bas, il marque 5 cocottes : la cocotte de ligne non multipliable plus les 2 cocottes de Gin multipliées par 2. On remarque qu'il atteint et même dépasse sur les deux premières colonnes les 350 points permettant de gagner. Ces deux premières colonnes sont donc fermées : ni A ni B ne peuvent plus maintenant y inscrire de points ;
f) A marque 50 points de grand Gin auxquels s'ajoutent 30 points pris sur B, soit 80 points qui sont multipliés par 2 car le coup est double. Il marque 160 points, qu'il inscrit en haut de sa troisième colonne puisque les deux premières colonnes sont fermées. Il inscrit également en bas de cette troisième colonne 9 cocottes : la cocotte de ligne non multipliable et les 4 cocottes de grand Gin qui sont multipliées par 2 ;
g) A inscrit en haut de sa colonne 50 points pour le grand Gin et 45 points pris sur B, soit 95 points qui,

multipliés par deux car le coup est double, font 190 points. Il marque aussi 9 cocottes. Comme il atteint 350 points sur la troisième colonne, cette dernière est fermée à son tour et la partie s'arrête.

Il faut maintenant faire les comptes. Le tableau ci-dessous permet de comprendre comment on procède.

A A	A	B	B	B
Points de chaque joueur →	(1) 350	402	367	344
Primes de gain de colonne →	(2) + 350	+ 350	+ 350	
Total des gains par colonne →	(3) = 700	= 752	= 717	= 344
Multiplication due au Blitz →		(4) × 2	× 2	
Total définitif par colonne →	(5) = 700	= 1504	= 1434	344
		1504 + 1434 + 344		
Total des trois colonnes →	(6) 700	= 3282		
		3282 − 700		
Différence entre gagnant et perdant →		(7) 2582		
		2582		
Conversion des cocottes en points →		(8) + 2025		
Total définitif du gagnant →		(9) 4607		
Cocottes de chaque joueur →	(1) 18	22	19	17
Multiplication due au Blitz →		(2) × 2	× 2	
Total définitif par colonne →	(5) 18	= 44	= 38	17
		44 + 38 + 17		
Total des trois colonnes →	(6) 18	99		
		99 − 18		
Différence entre gagnant et perdant →		(7) 81		
		81 × 25		
Conversion des cocottes en points →		(8) = 2025		

Établissement des comptes dans une partie de Hollywood Gin

• ***Points et cocottes de chaque joueur***

La ligne marquée (1) sur le diagramme rappelle les scores obtenus par chaque joueur sur chacune des trois colonnes, tant en ce qui concerne le nombre de points qu'en ce qui concerne le nombre de cocottes.

• ***Primes de gain de colonne***

Dans un premier temps, on attribue à chaque joueur les primes de gain de colonne qui lui reviennent, opération marquée (2) au diagramme ci-dessus. Cette prime est de 350 points, le gain de la colonne ayant été fixé à 350 points dans la partie. B qui a gagné les première et deuxième colonnes marque 350 points dans ces deux colonnes, et A marque 350 points dans la troisième colonne par ce qu'il a gagné cette dernière. Notez que les primes de gain de colonne sont marquées séparément dans chaque colonne, ce qui a son importance en cas de blitz, car elles sont multipliées par 2 comme le reste des points de la colonne.

• ***Total des gains par colonne***

On totalise ensuite les points marqués par les joueurs dans leurs colonnes, opération marquée (3) au diagramme ci-dessus. B a gagné 402 points, 367 points et 344 points, alors que A a seulement gagné 350 points.

• ***Multiplication due au Blitz***

Rappelons qu'un joueur qui n'inscrit aucun point dans une colonne est blitz, ce qui permet à son adversaire de marquer double dans la colonne correspondante. A, qui n'a marqué aucun point dans les deux premières colonnes, est blitz sur ces deux colonnes. Il faut donc procéder au doublement des points et des cocottes de B dans ces colonnes, opération marquée (4) au diagramme ci-dessus.

• ***Total définitif par colonne***

On calcule le nouveau total des points et cocottes marqués par chaque joueur dans chacune de ses colonnes, opération marquée (5) au diagramme ci-dessus; B a maintenant 1504, 1434 points et 344 dans ses colonnes du haut et 44, 38 et 17 cocottes dans ses colonnes du bas. A a toujours 700 points et 18 cocottes dans la troisième colonne.

• ***Total des trois colonnes***

On additionne les scores réalisés par chaque joueur sur ses trois colonnes : d'une part les points marqués en haut et d'autre part les cocottes inscrites en bas, opération marquée (6) au diagramme ci-dessus. B a 3 282 points et 99 cocottes, contre 700 points et 18 cocottes pour son adversaire.

• ***Différence entre gagnant et perdant***

On retranche des points du gagnant ceux du perdant et on fait de même en ce qui concerne les cocottes, opération marquée (7) au diagramme ci-dessus, qui permet de constater que B a réalisé un écart de 2 582 points et de 81 cocottes.

• ***Conversion des cocottes en points***

On multiplie maintenant le nombre de cocottes restant au vainqueur par 25, nombre de points représenté par chaque cocotte. Cette opération est marquée (8) au diagramme ci-dessus. Ainsi converties, les 81 cocottes de B représentent 2 025 points.

• ***Total définitif du gagnant***

Pour finir, on ajoute aux points du vainqueur ses points de cocottes afin de déterminer son résultat final, opération marquée (9) au diagramme ci-dessus. Le joueur B a gagné 2 582 + 2 025 = 4 607 points.

TRANSFORMATION DU NOMBRE DE POINTS GAGNÉS EN FICHES

En pratique, on divise souvent le nombre des points gagnés par le vainqueur en fiches de 100 points. Ici, B gagne 46 fiches : on arrondit en effet à la centaine supérieure ou inférieure, et en cas d'égalité (par exemple 4 050 points) à la centaine inférieure (40 fiches).

CHAPITRE 4

QUELLES RÈGLES ADOPTER

Les chapitres précédents ont permis de constater qu'il existait plusieurs façons de jouer. Dans ce chapitre, nous rappellerons les différentes possibilités et indiquerons celles qui nous paraissent préférables.

LA DONNE

Rappelons que le donneur est le gagnant du coup précédent. Il distribue 10 cartes à chaque joueur, une par une, face cachée, en commençant par son adversaire. Concernant la 21e carte du paquet, deux cas sont possibles :

— soit le donneur retourne face visible la 21e carte, dont son adversaire peut s'emparer ou qu'il peut lui-même prendre si ce dernier n'en veut pas. Ce système n'est plus guère joué qu'au Gin standard. Nous vous conseillons donc de ne l'utiliser que si vous désirez jouer Gin standard et d'adopter sinon la seconde solution exposée ci-dessous ;

— soit l'adversaire du donneur a le droit de tirer en premier. Dans ce cas, il tire la 21e carte du talon, face cachée. En pratique, le donneur lui distribue cette carte d'office afin de gagner du temps. Dans cette hypothèse, le donneur se donne donc 10 cartes, mais sert 11 cartes à son adversaire, qui du coup doit défausser sans tirer de nouvelle carte. Nous vous conseillons d'adopter cette façon de donner dans toutes les formes de jeu autres que le Gin standard.

« ROUND THE CORNER »

Avant de commencer la session de jeu, il faut décider si l'on joue ou non « Round the corner », c'est-à-dire si l'As est tournant ou pas.

S'il est tournant, les suites ARD et RA2 constituent des combinaisons possibles. S'il n'est pas tournant, seule la combinaison A23 est possible et les combinaisons ARD ou RA2 ne sont pas valables. Le choix est délicat, les deux formes de jeu présentant un intérêt certain. On verra au chapitre consacré à la stratégie que lorsque l'As n'est pas tournant, le jeu prend un aspect plus technique, toutes les cartes n'ayant pas la même valeur. Le jeu « Round the corner » est plus simple. En pratique, on se détermine selon ses goûts et sa force : contre un joueur moins fort, on aura avantage à jouer As non tournant, cette forme de jeu étant plus difficile et donc plus discriminante, tandis que contre un joueur plus fort, il vaudra mieux jouer « Round the corner » afin de réduire l'avantage que ce dernier possède dans les compartiments techniques du jeu.

GIN STANDARD OU OKLAHOMA GIN ?

Ces deux formes de jeu diffèrent par l'existence d'une retourne qui modifie les règles concernant la descente.

Si l'on joue Gin standard, on doit adopter l'une des deux règles suivantes :

— soit on considère qu'il n'y a pas de retourne, et la hauteur maximale pour la descente est alors de 10 points ;

— soit on considère que la 21e carte retournée sert de retourne, auquel cas sa hauteur représente la hauteur maximale de la descente.

La première règle permet d'éviter d'avoir à marquer

la hauteur de la 21e carte retournée pour ne pas l'oublier. La seconde donne plus de diversité au jeu. Nous vous conseillons d'adopter cette dernière façon de faire, qui permet de se familiariser avec l'Oklahoma Gin.

Si l'on joue Oklahoma Gin, le problème ne se pose pas, la hauteur maximale de la descente étant déterminée par la retourne. Cette forme de jeu, d'ailleurs de plus en plus en vogue, est certainement la plus amusante. Nous vous conseillons donc de l'adopter.

COUPS DOUBLES ET GAIN DE LA COLONNE

Avant d'entamer une partie, il faut décider si l'on désire jouer tous les coups simples ou si l'on préfère jouer certains coups doubles. Dans ce cas, il faut distinguer si l'on préfère jouer Pique double seulement, ou Pique et Cœur doubles. Tous les choix sont concevables ; normalement, le goût ou les habitudes de jeu font opter pour l'une ou l'autre solution : certains joueurs tiennent le jeu simple pour terne et préfèrent l'excitation liée au Pique double ; d'autres ne se sentent motivés que si les Piques et les Cœurs doublent le score. Précisons que dans ce dernier cas, il faut adapter le nombre de points nécessaire au gain de colonne : si 100 points au Gin standard et 250 points au Hollywood Gin suffisent quand on joue tous les coups simples, il vaut mieux augmenter ces chiffres jusqu'à respectivement 150 et 350 points si l'on joue Pique et Cœur doubles. Quand on joue Pique double seulement, on a le choix entre l'un ou l'autre de ces montants, selon que l'on recherche des parties plus ou moins longues. Les parties les plus agréables sont celles jouées avec Pique double seulement, ce qui donne de la variété au jeu sans le rendre trop brutal, et en 350 points, ce qui laisse la possibilité de rattraper un éventuel mauvais départ.

HOLLYWOOD GIN OU NON ?

L'Hollywood Gin se distingue de manière très nette des autres formes de jeu par la façon dont s'opère la marque : le duel débute de façon habituelle sur une colonne, mais se poursuit ensuite sur deux colonnes supplémentaires. Chaque joueur dispute donc trois parties simultanées contre son adversaire. Ce jeu, beaucoup plus amusant que la partie sur une seule colonne, tend à complètement supplanter cette dernière. Nous vous conseillons de jouer uniquement Hollywood Gin, seule façon réellement intéressante de pratiquer le Gin-Rami.

PEUT-ON EXAMINER LA PILE DE DÉFAUSSES ?

Avant de jouer, il faut déterminer s'il est permis ou non de regarder les cartes déjà passées. Rappelons que certains joueurs imposent de défausser de façon à ce que chaque carte recouvre exactement les précédentes, avec interdiction de fouiller dans les défausses pour voir si une carte est déjà passée ou non. Le seul moyen de savoir si une carte est déjà apparue consiste donc à se rappeler toutes les cartes, ce qui demande un effort soutenu d'attention et une certaine habitude.

Pour les tenants de l'autre conception, la défausse se fait librement, et chaque joueur peut à tout moment fouiller dans la pile de défausses pour voir si une carte est passée ou non. Cette façon de jouer est beaucoup moins stressante que la précédente. Nous vous la conseillons donc dans les parties disputées dans un but de détente. En revanche, la première façon de faire est plus formatrice, car elle oblige à une meilleure concentration.

Quelle que soit votre préférence, nous vous conseillons de ne pas jouer d'argent contre un joueur plus fort et plus expérimenté, si la partie se joue sans droit de regard dans la pile de défausses.

QUAND L'ADVERSAIRE DU POSEUR PEUT-IL DÉFALQUER SES POINTS ?

Le dernier point à régler consiste à savoir quand l'adversaire du poseur peut défalquer ses points. Rappelons qu'il existe deux conceptions. Une conception dure, selon laquelle il n'est possible de coller des cartes que si le poseur est déjà descendu : si ce dernier gagne par Gin ou grand Gin, il prend tous les points de son adversaire.

L'autre conception autorise l'adversaire du poseur à coller ses cartes isolées en toutes circonstances. Le choix en cette matière est purement une question de goût, et chacun doit jouer selon ses préférences. Nous vous conseillons la conception laxiste, plus fréquemment adoptée en Europe que la conception dure.

RÉSUMÉ DES RÈGLES CONSEILLÉES

• Retourne : le jeu conseillé est l'Oklahoma Gin. Une retourne indépendante fixe donc la hauteur maximale de la descente.
• Donne : le donneur se sert 10 cartes et en donne 11 à son adversaire, qui doit défausser sans tirer.
• As tournant : jouez As tournant, cette forme de jeu étant la plus simple. Toutes les suites comprenant

l'As sont valables, en particulier les combinaisons A23, ARD et RA2. Dans ce cas, l'As vaut toujours 15 points.

• Défausses : il est plus amusant et moins fatigant de décider qu'il est possible de regarder à tout moment dans la pile de défausses.

• Placement des cartes sur les combinaisons du poseur : adoptez la règle selon laquelle l'adversaire du poseur a toujours le droit de placer ses cartes isolées sur les combinaisons de ce dernier, que celui-ci étale son jeu par descente, Gin ou grand Gin.

• Marque sur trois colonnes : jouez Hollywood Gin, forme de jeu de très loin la plus amusante du Gin-Rami. Les parties s'y déroulent sur trois colonnes.

• Gain de la colonne, coups doubles : la colonne peut se jouer au choix en 250 ou 350 points. Optez pour 250 points si tous les coups sont simples, et pour 350 points si les coups joués à Pique sont doubles. Utilisez prudemment la possibilité de jouer Pique et Cœur doubles : sachez que les écarts peuvent être importants si vous jouez pour de l'argent.

LE GIN A PLUS DE DEUX JOUEURS

Jusqu'à présent, nous avons vu les règles concernant la partie à deux joueurs. Celles régissant les parties à plus de deux joueurs comportent naturellement quelques aménagements que nous allons étudier maintenant.

LE GIN A TROIS EN COUPE-JARRET

Commençons par le jeu dit en « coupe-jarret », qui est la seule forme de jeu où les participants ne se regroupent pas en équipes lorsqu'ils jouent à plus de deux : dans cette variante, les joueurs sont en effet indépendants. Chacun choisit au départ une carte dans le paquet : celui qui a tiré la moins forte est exclu de la première donne, et les deux autres jouent ensemble. Ils ne jouent toutefois qu'un seul coup, car le perdant doit céder sa place au joueur en dehors. Le gagnant encaisse des deux autres : celui qui joue contre lui et celui qui est en dehors. Chacun tient sa marque, et la partie est gagnée par le premier joueur ayant atteint 100 points (ou quand les trois colonnes de 250 ou 350 points ont été gagnées, lorsque la partie se joue en Hollywood Gin).

Le joueur dont le score final est le plus élevé encaisse alors des deux autres ce qu'ils lui doivent, tandis que le joueur ayant le deuxième meilleur score encaisse du troisième ce que ce dernier perd sur lui. Une fois les comptes effectués, un seul joueur peut être positif, mais il peut aussi y avoir deux joueurs gagnants et un seul gros perdant, selon les différences.

LE GIN A TROIS EN CAPITAINE

Dans cette variante, qui rappelle la « chouette » du Backgammon, deux des trois joueurs se regroupent en une même équipe tant que dure la partie. Ils s'associent contre un joueur, appelé le « capitaine ». Bien qu'il y ait trois joueurs, seuls deux d'entre eux jouent simultanément. Le capitaine joue tous les coups, tandis que ses adversaires se relaient contre lui chaque fois que l'un d'eux perd : le joueur actif cède sa place au joueur inactif dès qu'il perd un coup, et ainsi de suite à tour de rôle. Le joueur hors du coup n'est cependant pas complètement « mort », puisqu'il dispose du droit de conseiller son partenaire. En cas de conflit entre ces deux joueurs sur la façon de jouer le coup, c'est toutefois celui qui tient les cartes qui décide en dernier lieu.

La feuille de marque est la même que dans le Gin à deux, mais en fin de partie le capitaine gagne ou perd le double des enjeux indiqués par les comptes, car il paye ou encaisse sur les deux joueurs qui lui font face : pour lui, la partie se joue donc double. Si les joueurs disputent plusieurs parties, on convient généralement que chacun d'eux sera successivement capitaine.

LE GIN A QUATRE JOUEURS

Dans le jeu à quatre joueurs, les participants sont regroupés en équipes de deux : chaque joueur fait face à son adversaire et joue avec ce dernier une partie normale, selon les règles en vigueur au Gin à deux. Deux éléments distinguent toutefois ces parties du jeu à deux : la retourne et la façon de scorer. Il n'existe qu'une seule retourne, commune aux quatre joueurs, ce qui a pour résultat de rapprocher la façon de jouer aux deux tables : si par exemple la retourne est un As, le Gin sera obligatoire pour les deux équipes.

La marque est elle aussi commune : on tient une seule feuille par partie où les scores cumulés sont inscrits une fois le coup achevé aux deux tables. Seul le résultat de l'équipe gagnante figure sur la feuille : supposons que les joueurs A, B, C et D s'affrontent, A et B jouant contre C et D.

Si A marque Gin et prend 15 points sur son adversaire, il gagne provisoirement 25 points de Gin et 15 points, soit 40 points, et 3 cocottes. Mais il ne marque rien.

Si son partenaire gagne aussi, on additionne leurs scores et leurs cocottes, puis on les marque sur la feuille. Mais si son partenaire perd, c'est l'équipe ayant réalisé le meilleur score qui marque. Si B perd par exemple plus de 40 points, parce qu'il a subi un grand Gin, ce sont les adversaires qui marquent dans leur colonne la différence entre le score qu'ils ont gagné sur B et celui qu'ils ont perdu sur A.

Indiquons que le joueur qui a fini sa partie a le droit de conseiller son partenaire, mais que celui-ci n'est pas tenu de suivre ses conseils.

LE GIN A CINQ JOUEURS

On peut jouer au Gin avec cinq joueurs, par l'aménagement judicieux du jeu en capitaine et du jeu en équipes.

On constitue au départ deux formations, l'une de deux joueurs et l'autre de trois. L'équipe formée des deux joueurs joue tous les coups, tandis que les joueurs de l'autre équipe se relaient ainsi : si leur équipe vient de gagner la donne, les deux joueurs actifs restent assis et continuent à jouer. Mais s'ils viennent de perdre la donne, le joueur ayant fait le plus mauvais score cède sa place au joueur inactif (et ainsi de suite) : dans l'équipe composée de trois joueurs il y en a donc toujours un qui ne joue pas.

Là encore, le joueur hors du coup n'est pas totalement inactif, puisqu'il dispose du droit de conseiller ses partenaires.

La feuille de marque est la même que dans le Gin à quatre, mais en fin de partie les joueurs de l'équipe « capitaine » gagnent ou perdent une fois et demie les enjeux indiqués par les comptes, car ils payent ou encaissent sur les trois joueurs qui leur font face : pour eux, la partie se joue donc à une fois et demie le tarif de base.

LE GIN A SIX JOUEURS

Le Gin à six joueurs est une extension du Gin à quatre joueurs, avec six participants au lieu de quatre. Il se joue de la même façon, mais en trois équipes de deux joueurs. La retourne est la même pour tous,et la feuille de marque reflète la performance globale de chaque équipe.

CHAPITRE 5

LA STRATÉGIE AU GIN-RAMI

Nous donnerons dans ce chapitre les éléments de réflexion pouvant guider un joueur, non seulement dans l'évaluation de sa main, mais aussi dans le plan de jeu à adopter pour la conduite du coup.

L'ARRANGEMENT DE LA MAIN

Avant toute chose, il faut classer sa main. Pour cela, on range ses cartes en trois catégories : celles participant à une combinaison, celles présentant des affinités réciproques et pouvant participer à une combinaison, celles ne pouvant former de combinaison, appelées cartes isolées. Supposons qu'un joueur ait la main suivante :

7♥	4♦	6♣	10♠	A♠	8♠	3♠	6♥	2♥	9♠

Main avant rangement

Il doit commencer par associer les cartes faisant partie d'une même combinaison, ce qui est le cas de la suite 10♠, 9♠ et 8♠.

10♠	9♠	8♠

Cartes formant combinaison

Il groupera ces trois cartes comme illustré ci-dessus, puis examinera le reste de sa main, qui laisse apparaître deux possibilités d'amélioration, liées d'une part aux cartes 7♥, 6♥ et 6♣, d'autre part aux cartes 3♠ et A♠ :

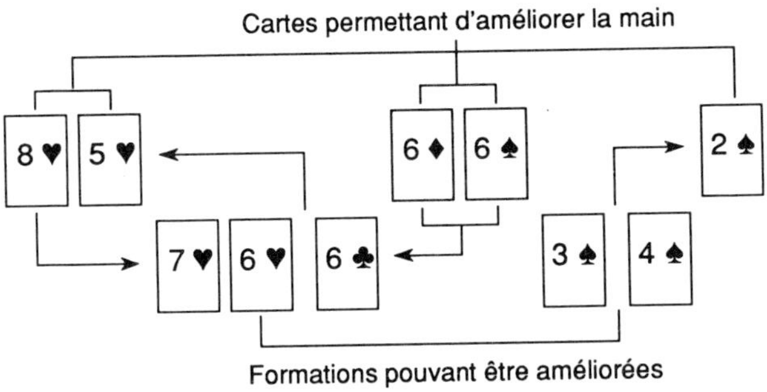

Possibilités d'amélioration

La première des deux formations illustrées ci-dessus peut être améliorée soit par sa transformation en suite à Cœur grâce au tirage d'une des cartes manquantes, par exemple le 8♥ ou le 5♥, soit par sa transformation en brelan grâce au tirage d'un six quelconque, par exemple le 6♠ ou le 6♦. La seconde formation peut seulement être améliorée en suite à Pique par le tirage de la carte ventrale, le 2♠.

Pour visualiser immédiatement les chances d'amélioration de ces types de formations, il faut regrouper leurs cartes de la façon indiquée au diagramme ci-dessous. Les autres cartes de la main, qui ne peuvent

Main une fois rangée

participer à des formations et ne peuvent être améliorées, seront mises à part. Ce sont des cartes isolées, qui seront les premières à être défaussées.

LES POSSIBILITÉS D'AMÉLIORATION DE LA MAIN

Le Gin est avant tout un jeu de décisions : il faut constamment choisir quelle carte prendre, quelle carte conserver ou défausser, quelle combinaison privilégier. Le but du jeu étant de construire des combinaisons pour descendre ou faire Gin, ces choix doivent avoir pour objectif de maximiser les chances d'amélioration de la main. On se base en pratique sur un petit nombre de considérations simples, que nous allons développer maintenant. Nous traiterons dans un premier temps le cas du jeu avec As tournant, puis nous verrons quelles modifications apporte l'As non tournant. Notez qu'il faut absolument différencier ces deux méthodes de jeu, les probabilités applicables n'étant pas les mêmes dans l'un ou l'autre cas.

PRINCIPES APPLICABLES SI L'ON JOUE « ROUND THE CORNER » (AS TOURNANT)

Pour mieux comprendre le mécanisme d'amélioration de chaque formation, nous distinguerons les débuts de combinaisons, qui sont la paire et le commencement de suite, des combinaisons déjà formées, qui sont la suite, le brelan et le carré. Il suffira de comparer ensuite les chances d'amélioration de ces diverses formations pour voir lesquelles sont les plus favorables.

• ***L'amélioration de la paire***

Une paire peut être améliorée en brelan de deux façons, en tirant l'une ou l'autre des deux cartes manquantes. Il y a donc toujours deux possibilités d'améliorer cette formation.

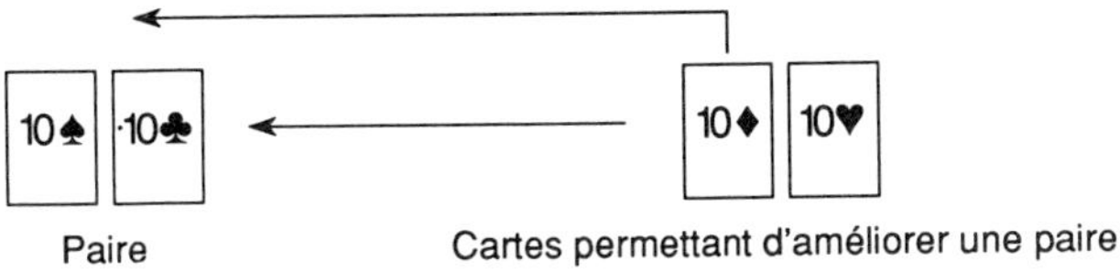

Amélioration d'une paire

Au diagramme ci-dessus, on voit que la paire composée du 10♠ et du 10♣ se transforme en brelan sitôt que l'on tire l'un des deux dix restants, le 10♦ ou le 10♥.

• ***L'amélioration d'un commencement de suite***

Un début de suite formé de deux cartes consécutives de même couleur se transforme en suite quand on tire l'une des cartes manquant à l'un de ses bouts. Notons que lorsqu'on joue avec As tournant les possibilités d'amélioration sont les mêmes quelles que soient les cartes considérées, les suites pouvant être complétées par les deux bouts : toutes les formations de cartes bénéficient de chances identiques et sont équivalentes. Il est égal d'avoir dans sa main l'un ou l'autre des trois débuts de suites illustrés au diagramme ci-dessous, à savoir 9♠ et 8♠ ou R♠ et D♠, ou encore A♠ et 2♠. On verra par contre que ces trois formations ne sont pas équivalentes quand l'As n'est pas tournant.

Ces trois combinaisons peuvent être améliorées par le tirage d'une des deux cartes situées en bout : le 10♠ et le 7♠ dans le premier cas, l'A♠ et le V♠ dans le deuxième cas, le R♠ et le 3♠ dans le troisième cas. Il y a donc toujours deux possibilités d'améliorer un début de suite quand on joue « Round the corner ».

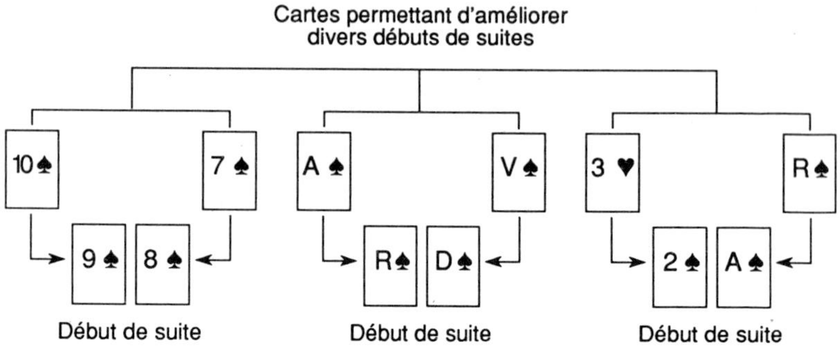

Amélioration d'un début de suite
« Round the corner »

• ***L'amélioration d'une séquence brisée***

Quand deux cartes non consécutives permettent d'obtenir une suite, on dit qu'elles forment une séquence brisée, c'est-à-dire une séquence où manque la carte ventrale, comme illustré ci-dessous (le terme « séquence » est synonyme de « suite »).

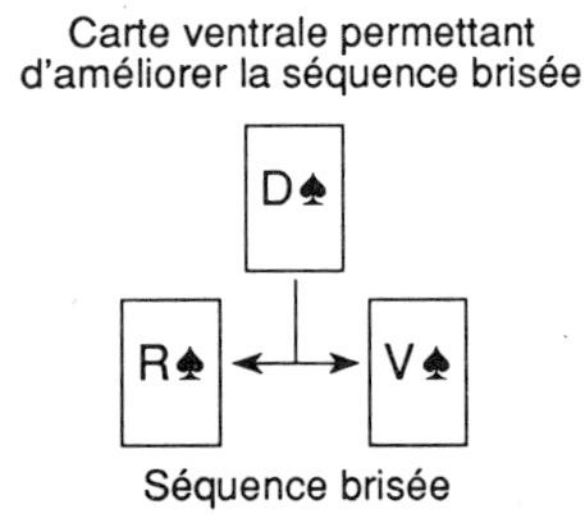

Amélioration d'une suite brisée

Une seule carte permet alors la transformation en suite : la carte ventrale. Il n'y a donc qu'une seule possibilité d'amélioration.

• ***L'amélioration d'une suite***

Si l'on joue « Round the corner », une suite s'améliore toujours par les deux bouts comme le montre l'exemple illustré ci-dessous.

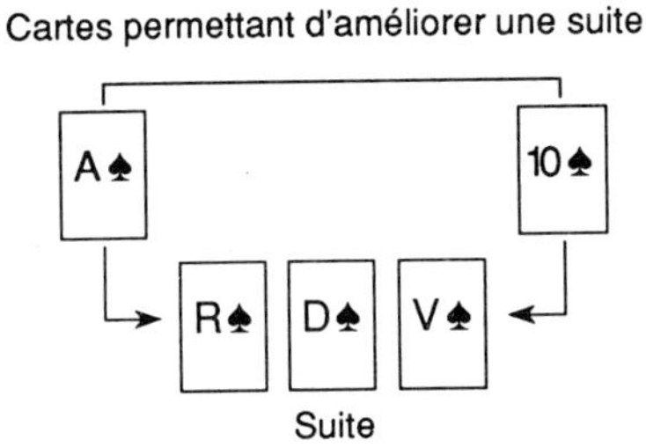

Amélioration d'une suite « Round the corner »

Le principe est le même que pour l'amélioration d'un début de suite : il y a deux cartes favorables.

• ***L'amélioration d'un brelan et d'un carré.***

Un brelan ne peut être amélioré en carré que d'une façon, en tirant la dernière carte manquante de même rang. Cette formation n'offre pas plus de chances qu'une suite brisée, car une seule carte dans le jeu permet de l'améliorer. Quand au carré, il ne peut jamais être amélioré, par définition.

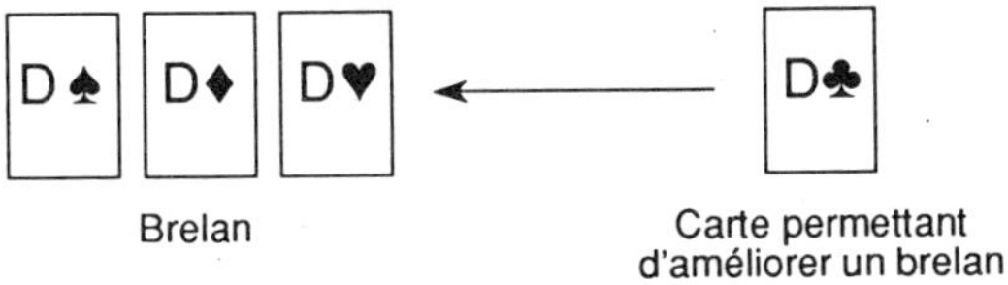

Amélioration d'un brelan

Comme il n'y a qu'une possibilité d'améliorer un brelan et aucune possibilité d'améliorer un carré, ces formations sont d'un intérêt beaucoup plus limité que la suite : plus on les complète et plus il devient difficile, voire impossible, de les améliorer.

• ***En résumé***

Il faut construire son jeu en privilègiant les débuts de suites par rapport à la paire, bien que ces deux formations présentent chacune deux cas favorables : une fois réalisés le brelan et la suite, les possibilités d'amélioration restent en effet de deux cartes dans le cas de la suite contre une seulement pour la transformation du brelan en carré. On préférera obtenir des débuts de suites formés de cartes consécutives que des séquences brisées, cette dernière formation ayant deux fois moins de chances d'aboutir à une amélioration. Les meilleures formations sont les commencements de suite couplés à une paire, par exemple 10♠ 9♠ 9♥. Cette série peut être améliorée de quatre façons : soit par le tirage d'un des deux neuf manquants, soit par le tirage d'une carte complétant la suite à Pique, le V♠ ou le 8♠.

PRINCIPES APPLICABLES SI L'ON NE JOUE PAS « ROUND THE CORNER »

Choisir quelles combinaisons privilégier est difficile quand on ne joue pas « Round the corner », les différentes cartes ne présentant pas le même intérêt en ce qui concerne les chances d'amélioration d'une suite : dans cette forme de jeu, l'As est en effet limité à la formation A23 et ne peut servir ni pour compléter RD en ARD ni pour compléter R2 en RA2. Les cartes forment une série bornée à ses deux bouts représentés d'une part par l'As, d'autre part par le Roi. Les cartes appartenant aux extrémités de cette série sont pénalisées par rapport aux cartes centrales, les suites dont elles font partie ne pouvant être améliorées que d'un côté.

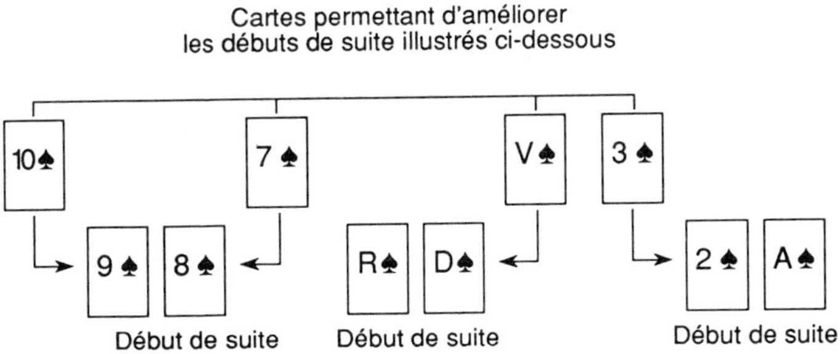

Amélioration d'un début de suite (As non tournant)

Reprenons les trois débuts de suite analysés plus haut et reportons-les sur le diagramme ci-dessus : on voit que les chances d'amélioration passent de deux cartes à une quand le début de suite comprend l'As ou le Roi et qu'on ne joue pas avec l'As tournant. Les diagrammes ci-dessous permettent de comprendre pourquoi les cartes changent de valeur selon leur rang, et dans quelles proportions.

Combinaisons de 3 cartes comportant l'A♥

Le diagramme ci-dessus permet de constater qu'un As, l'A♥ en l'occurrence, ne peut être utilisé que dans quatre combinaisons différentes de 3 cartes.

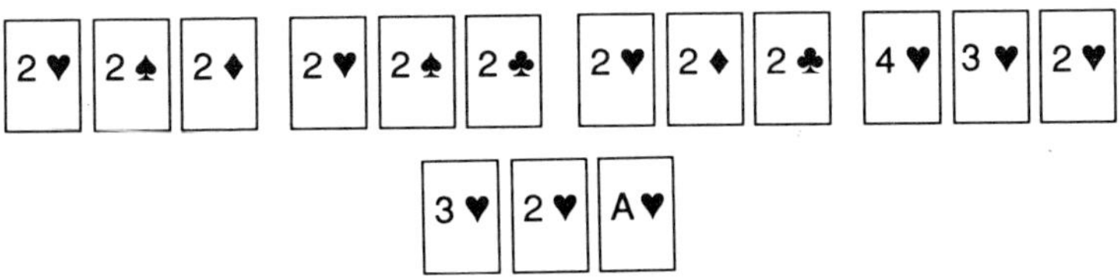

Combinaisons de 3 cartes comportant le 2♥

Le diagramme précédent permet par contre de constater que plus on s'écarte des extrémités du jeu plus les cartes prennent de la valeur. Un deux, le 2♥ en l'occurrence, peut être utilisé non plus dans 4 combinaisons différentes de 3 cartes, mais dans 5.

Combinaisons de 4 cartes comportant l'A♥

Le même type de calcul peut être effectué pour des suites de 4 cartes au lieu de 3, avec des résultats similaires. Le diagramme ci-dessus permet par exemple de constater que l'A♥ ne peut être utilisé que dans 2 combinaisons différentes de 4 cartes.

Combinaisons de 4 cartes comportant le 2♥

Mais lorsqu'on s'éloigne de l'As pour se rapprocher du milieu de la série Roi-As, les possibilités de combinaisons augmentent. Si on cherche combien de combinaisons différentes de 4 cartes comprennent un deux au lieu d'un As, on s'aperçoit qu'il en existe non plus 2 mais 3, ce que le diagramme ci-dessus permet de vérifier pour le 2♥.

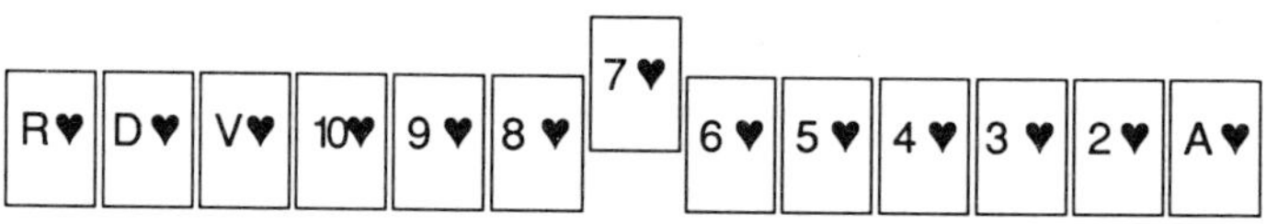

L'importance du sept

Les calculs peuvent être poursuivis pour les suites de 5 cartes, 6 cartes, 7 cartes et plus. Nous vous épargnerons les détails : tout ce qu'il importe de savoir, c'est que la carte pouvant être associée au maximum de combinaisons est le sept, ce qui est normal, car cette carte est située au centre de la suite Roi-As, comme le montre le diagramme ci-dessus.

R♥	D♥	V♥	10♥	9♥	8♥	7♥
D♥	V♥	10♥	9♥	8♥	7♥	6♥
V♥	10♥	9♥	8♥	7♥	6♥	5♥
10♥	9♥	8♥	7♥	6♥	5♥	4♥
9♥	8♥	7♥	6♥	5♥	4♥	3♥
8♥	7♥	6♥	5♥	4♥	3♥	2♥
7♥	6♥	5♥	4♥	3♥	2♥	A♥

Les suites de 7 cartes

Le sept est d'ailleurs la seule carte devant obligatoirement être associée à toute suite de 7 cartes et plus, comme on peut le vérifier en examinant les suites ci-dessus.

• ***En résumé***

Quand on ne joue pas « Round the corner », les cartes ont de plus en plus de valeur au fur et à mesure qu'on se rapproche du sept, et de moins en moins de valeur au fur et à mesure qu'on s'en éloigne : un Roi a moins d'intérêt qu'une Dame, qui a moins d'intérêt qu'un Valet, qui a moins d'intérêt qu'un dix... jusqu'au sept. A partir de sept, le sept a plus de valeur que le six, qui a plus de valeur que le cinq, qui a plus de valeur que le quatre,... jusqu'à l'As qui présente un intérêt faible, équivalent à celui du Roi.

Il faut donc si possible chercher à construire ses combinaisons autour du sept. Là encore, les meilleures formations sont les paires couplées à un commencement de suite, par exemple 7♥ 7♣ 6♣. Cette formation peut s'améliorer de quatre façons : en tirant le 7♠ ou le 7♦ ou le 8♣ ou le 5♣.

LA STRATÉGIE

Au Gin, la stratégie dépend d'un certain nombre de circonstances et suppose l'application de certains types de raisonnement. Nous allons maintenant voir lesquels.

LE COMPTE DE MAIN

Le compte d'une main est le total des cartes isolées de cette main, c'est-à-dire le nombre maximum de points que l'adversaire peut gagner s'il pose. Il est toujours préférable de maintenir ce total le plus bas possible pour deux raisons :
— si l'adversaire descend ou fait Gin, il vaut mieux perdre un minimum de points ;
— un total faible, inférieur ou égal à la retourne, peut permettre de descendre.

Il faut donc s'efforcer d'avoir des cartes isolées de faible valeur : sauf contre-indication, on conservera dans son jeu les cartes de faible rang et on défaussera celles de haut rang.

LA RETOURNE

Pour déterminer la meilleure stratégie à adopter, un joueur doit d'abord étudier son jeu en fonction de la hauteur de la retourne et de son compte de main, isolées. Si la retourne est élevée (par exemple un huit, un neuf ou un dix, il pourra descendre même avec un compte de main fort, alors que si la retourne est basse (par exemple un cinq, un quatre ou en dessous), la descente sera difficile ou même impossible s'il a un fort compte de main. Pour descendre quand la retourne est haute, il faut essayer de construire 7 cartes formées en 2 combinaisons, l'une de 4 cartes, l'autre de 3 cartes, et avoir 3 cartes isolées de faible valeur. Quand la retourne est faible, il devient difficile de descendre, à moins d'avoir 8 ou 9 cartes formées. Il faut donc prendre les meilleures chances d'améliorer sa main. Le problème est à peu près le même quand la retourne est un As et que le Gin est obligatoire. Dans ce cas, il faut avoir 10 cartes formées, normalement en 3 combinaisons : l'une de 4 cartes, les deux autres de 3 cartes.

Compte de main et choix dans la défausse

En résumé, on doit construire son jeu en fonction de la retourne et de son compte de main : avec un compte faible, on cherchera à descendre rapidement ; avec un compte lourd ou en situation de Gin obligatoire, on cherchera à améliorer son jeu jusqu'au Gin. Il est intéressant de noter qu'il peut être bien joué de refuser des chances d'amélioration pour abaisser son compte de main.

Prenons le diagramme ci-dessus. Le joueur, qui vient de tirer, doit défausser. Son écart normal est le 3♥, la plus forte des cartes isolées, pour conserver la paire de Rois qui peut se transformer en brelan. Ce jeu est le seul acceptable s'il faut faire Gin ou si la retourne est si faible que la descente est en pratique exclue (si la retourne est par exemple un deux ou un trois).

Par contre, si la retourne est élevée, par exemple un dix ou un neuf, il est tout à fait envisageable de jeter un des deux Rois pour conserver le trois et le deux. Il suffira de tirer une autre carte de faible rang au tour suivant pour pouvoir défausser l'autre Roi et descendre. Cette tactique est courante en début de jeu, quand on espère prendre de nombreux points dans la main de son adversaire par une descente rapide.

V♠	10♠	9 ♠		6 ♦	5 ♦	5♣		R♣	3 ♥	2 ♦	A♠

Compte de main et tirage de carte

Dans la même optique, il est parfois bien joué de prendre une carte sans intérêt direct apparent si cette carte peut faciliter plus tard la descente. Supposons qu'on possède la main illustrée au diagramme ci-dessus, que la retourne soit un dix et que l'adversaire jette un quatre. On peut envisager de s'emparer de cette carte si on ne joue pas « Round the corner » : l'As ne vaut dans ce cas que 1 point, et prendre le quatre permet de faire passer le compte de main à seulement 10 points, ce qui autorise à descendre dès qu'on améliore la formation 6♦, 5♦ et 5♣ en tirant l'une des 4 cartes favorables (le sept ou le quatre de Carreau ou un cinq quelconque).

LA SITUATION DE LA MARQUE ET L'OUVERTURE DES COLONNES

D'une façon générale, il existe toujours plusieurs façons de jouer une même main : risquée dans l'espoir d'une forte rétribution ou solide pour ne pas laisser échapper l'acquit. Par conséquent, et bien que la partie de Gin soit constituée d'une succession de coups isolés, il faut jouer en fonction de la marque pour parvenir le premier au nombre de points permettant de gagner une colonne ou la partie.

La marque intervient en effet quand un joueur est près de gagner une colonne : supposons par exemple qu'il ait un beau jeu et le choix entre descendre et chercher le Gin. Il est normal de chercher à faire Gin ou grand Gin, ces combinaisons rapportant nettement plus de points et de cocottes qu'une simple descente.

Cependant, gagner une colonne est un objectif prioritaire : dans ce cas, il vaut donc mieux assurer le gain en se contentant de descendre. Deux autres facteurs peuvent encore inciter un joueur à descendre rapidement, même avec une main méritant mieux : quand un joueur est encore vierge sur une colonne, il doit au plus vite y inscrire un score quelconque pour se « déblitzer » et éviter de prendre la colonne double. On descend également de façon précoce pour ouvrir ses colonnes : n'oublions pas qu'un joueur ne commence à marquer sur ses colonnes qu'une fois ces dernières ouvertes. On a donc intérêt à marquer aussitôt que possible en début de jeu, même si le score inscrit est faible, dans le seul but d'ouvrir des colonnes.

DÉDUCTIONS TIRÉES DE LA FAÇON DE JOUER ADVERSE

La stratégie correcte consiste naturellement à conserver et/ou prendre les cartes servant le mieux à améliorer les combinaisons de sa main. Avant d'essayer de réaliser telle ou telle formation, il faut toutefois vérifier que les espoirs de toucher telle ou telle carte peuvent se réaliser. Supposons que l'on ait la main ci-dessous. Elle comporte 11 cartes, car on vient de tirer.

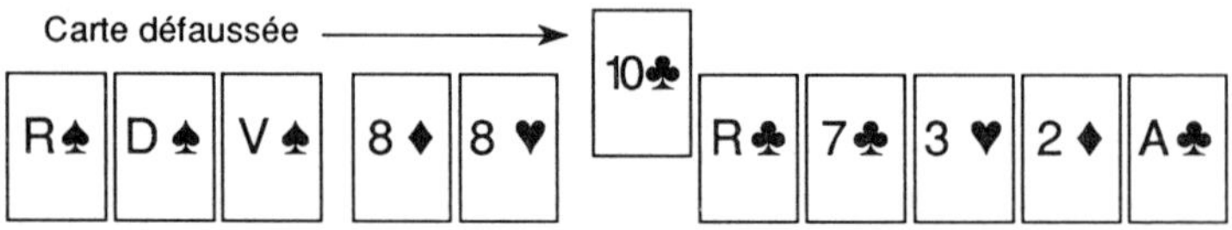

Choix de la défausse

Sachant que le V♣ est déjà passé, on décide de jeter le 10♣ pour deux raisons : cette carte semble relativement sûre, car la suite (...) V♣ 10♣ (...) est exclue du fait que le V♣ ne peut plus être utilisé. D'autre part, le 10♣ constitue un appel pour le 10♠ : elle indique qu'on ne fait pas le brelan de dix, incitant l'adversaire à jeter le 10♠ s'il possède cette carte (voir plus bas la définition de l'appel). L'adversaire s'empare du 10♣ et rejette le 10♥.

Quelles conclusions tirer de ces faits, quant à la main de ce dernier et quant aux chances d'améliorations de notre propre jeu ?

Concernant la main de l'adversaire, on sait qu'il n'utilise le 10♣ ni pour un brelan de dix, puisqu'il a l'amabilité de nous en informer en défaussant le 10♥ (ce qui au passage est mal joué, car cette défausse divulgue trop tôt d'importantes informations), ni pour la suite (...) V♣ 10♣ (...), puisque le V♣ a déjà été défaussé. Il ne reste qu'une possibilité, qui est la suite 10♣ 9♣ 8♣. On en tire deux conclusions décisives : d'une part , il faut garder le 7♣ dont on sait qu'il allonge la suite à trèfle adverse ; conserver cette carte est d'autre part sans danger, puisqu'on sait que si l'adversaire descend ou fait Gin, on pourra la coller sur sa suite.

L'autre conclusion que l'on peut tirer est qu'un des deux huit qu'on attend pour former un brelan est déjà utilisé. Puisque l'adversaire ne jettera jamais son 8♣, on a qu'une chance d'améliorer notre paire de huit et non deux. Par conséquent, il ne faut pas hésiter à modifier la structure de la main si l'opportunité s'en présente au fil des tirages, afin de se débarrasser de cette paire de huit au profit d'autres possibilités de combinaisons.

LES DÉFAUSSES

Les défausses les plus sûres si l'on ne joue pas « Round the corner » sont l'As et le Roi, ces cartes pouvant être utilisées deux fois moins souvent que les autres pour réaliser des suites. Si l'on joue « Round the corner », toutes les cartes ont le même intérêt.

Aucune considération logique ne semble alors pouvoir guider le choix des défausses, si ce n'est la diminution du compte de main : quand on a le choix entre plusieurs cartes à défausser, autant écarter celle qui permet d'abaisser le plus possible le compte de main, afin de perdre le minimum de points au cas où l'adversaire viendrait à poser. En pratique, on ne se base pas seulement sur le rang de la carte écartée, mais surtout sur la sécurité qu'elle présente et sur les indications qu'elle peut donner sur le jeu de l'adversaire si ce dernier s'en empare. Voyons ces points dans l'ordre.

- ***Le rang de la carte écartée***

Nous avons déjà dit que la tendance normale consistait à se débarrasser en premier des cartes coûtant le plus cher : l'As qui vaut 15 points si l'on joue Round the corner, les figures qui valent 10 points et les autres cartes numérales dans l'ordre. On évitera cependant de suivre cette règle de façon trop rigide, sinon l'adversaire conservera systématiquement ses grosses cartes en début de jeu : il saura que vous lui jetterez rapidement les cartes manquantes si vous les avez, et que si vous ne le faites pas, c'est que ces cartes se trouvent dans le talon et qu'il pourra les tirer.

- ***La sécurité de la carte écartée***

Il existe des défausses plus ou moins dangereuses. A priori, une carte quelconque peut être utilisée dans 6 combinaisons différentes : prenons l'exemple du 8♦. Nous pouvons vérifier qu'il s'intègre dans l'une des 6 formations représentées ci-dessous.

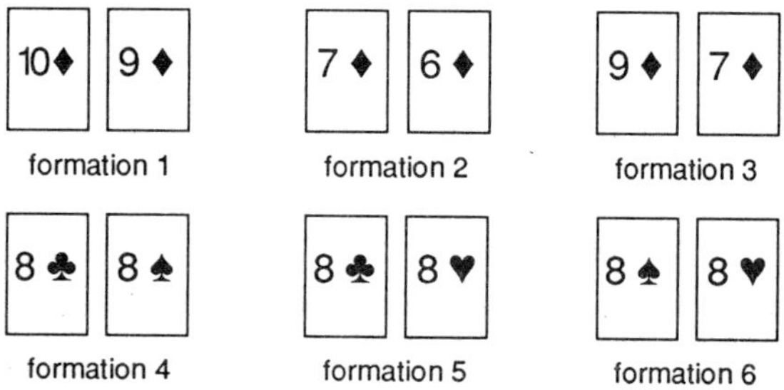

Formations pouvant intégrer le 8♦

Ce type de carte « folle » est dangereux à défausser. Il vaut mieux écarter des cartes « protégées ». Une carte protégée est une carte dont on bloque une ou plusieurs possibilités d'amélioration.

Supposons par exemple qu'on possède la main illustrée au diagramme ci-dessous.

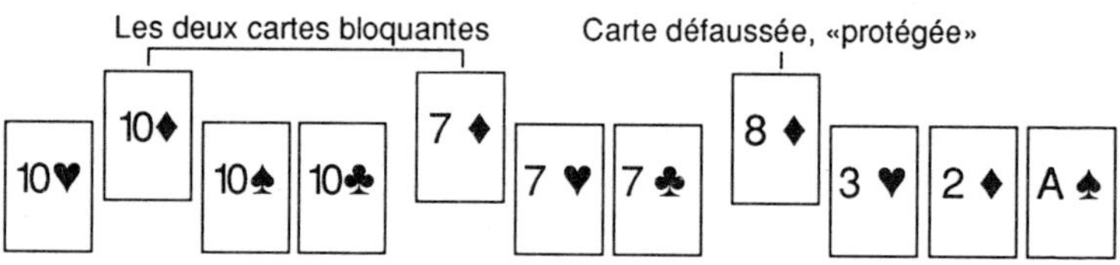

La défausse d'une carte protégée

Le fait de détenir le 10♦ et le 7♦ empêche l'adversaire de posséder les formations 10♦ 9♦ ou 7♦, 6♦ ou 9♦, 7♦. Dans ce cas précis, on divise les possibilités adverses par deux en jetant le 8♦ au lieu d'une carte folle.

• ***les indications sur le jeu adverse***

Une défausse sûre doit être si possible non seulement une carte protégée mais également une carte donnant des indications si l'adversaire s'en empare. Au Gin, il est en effet primordial de découvrir ce que l'adversaire a ou ne peut avoir dans sa main.

Reprenons l'exemple précédent : comme on bloque les possibilités de suite comprenant le 8♦, on sait que, si l'adversaire prend cette carte, c'est obligatoirement pour faire un brelan de huit. Cette indication est précieuse pour de nombreuses raisons :

— si on tire le 6♦ ou le V♦, on peut défausser ces cartes sans peur d'allonger une suite à Carreau adverse, cette suite ne pouvant exister ;

— on sait qu'il ne faut pas jeter de huit à l'adversaire ;

— on sait que, si l'on a besoin d'un huit, il est inutile d'attendre cette carte de la part de l'adversaire ;

— on sait que les neuf et les sept sont des cartes assez sûres à défausser, l'adversaire ne pouvant les utiliser pour faire des suites, car ses huit sont déjà occupés ailleurs.

Plus le jeu progresse et plus il faut s'abstenir de jeter des cartes folles. Dans les dernières phases du jeu, il faut si possible ne jeter que des cartes mortes, c'est-à-dire ne pouvant en aucun cas profiter à l'adversaire. Quand on est très proche des deux dernières cartes du jeu, on peut même casser ses propres formations pour éviter de donner une carte folle à l'adversaire : on augmente bien entendu son compte de points, mais c'est sans importance puisque le coup sera déclaré nul peu après.

L'APPEL

Assez souvent, les cartes défaussées en début de jeu constituent des appels. Un appel est l'écart d'une carte pour inciter l'adversaire à jeter une carte de rang semblable. Supposons qu'un joueur ait la formation V◆ et 10◆ : il attend donc la D◆ ou le 9◆. Il défaussera souvent une Dame ou un neuf pour bien indiquer qu'il ne fait de brelan ni de Dames ni de 9. Comme les Dames et les 9 deviennent des cartes deux fois moins dangereuses à défausser que des cartes folles, il espère que son adversaire les écartera à la première occasion s'il en possède.

Il faut se méfier des appels et ne pas en abuser soi-même. La meilleure règle à adopter consiste à se débarrasser de cartes situées à un rang d'écart de la carte défaussée par l'adversaire, et de couleur différente : si par exemple l'adversaire jette le 8◆, on jettera soi-même le 9♠ ou le 10♠, le 9♥ ou le 10♥, le 9♣ ou le 10♣.

ACHETER OU TIRER

Acheter, c'est prendre la carte que l'adversaire vient de défausser. Tirer, c'est prendre une carte du talon. On achète bien entendu toute carte permettant d'améliorer son jeu. Par contre, il faut s'abstenir d'acheter une carte sur des bases spéculatives. La règle veut que chaque fois qu'il y a doute, il faille tirer.

LE BLOCAGE RÉCIPROQUE

Il arrive parfois que l'on ne puisse progresser, chaque joueur conservant des cartes que l'autre attend. Si on pense se trouver dans ce cas, il ne faut pas hésiter à bloquer le jeu jusqu'aux toutes dernières cartes en s'abstenant à tout prix de livrer à l'adversaire des cartes dangereuses lui permettant peut-être de finir.

Il ne faut pas oublier que le jeu ne peut se poursuivre au-delà des deux dernières cartes du talon. Après, le coup est déclaré nul et une nouvelle donne est opérée : le Gin est un jeu difficile où il faut savoir garder ses nerfs, mais aussi ses cartes !

Deuxième partie

Le Rami

Le Rami, jeu proche du Gin-Rami, possède de nombreuses variantes. Nous exposerons ici les règles générales applicables à toutes les formes de jeu. Leur connaissance suffit pour s'asseoir à n'importe quelle table. On assimilera ensuite rapidement par la pratique les différences entre chaque variante, concernant principalement le nombre de jeux employés, le nombre de cartes distribuées, le nombre de points nécessaire pour poser, le nombre et l'utilisation des Jokers. Avant de jouer, il faudra toutefois s'informer des règles en vigueur dans la partie.

CHAPITRE 1

LES ÉLÉMENTS DU JEU

LE NOMBRE DE PARTICIPANTS

Le Rami est un jeu pour deux à six joueurs. Cependant, bien qu'on puisse y jouer à deux, les parties les plus agréables comprennent normalement quatre à cinq personnes. Que l'on joue à deux ou à plus de deux, il n'y a jamais formation d'équipes, et le jeu reste toujours individuel.

LE MATÉRIEL NÉCESSAIRE

Le Rami se joue avec deux jeux de 54 cartes, c'est-à-dire deux paquets ordinaires dont on a conservé les Jokers. On joue donc avec 108 cartes. On utilise parfois un troisième jeu de 54 cartes quand on joue à six joueurs. Il faut également disposer d'un bloc de papier et d'un crayon pour tenir la marque.

LES CARTES

Outre les 52 cartes habituelles, on trouve donc deux Jokers appelés Jokers ou Ramis, qui peuvent remplacer n'importe quelle carte au choix de leur possesseur. Pour une description plus complète des 52 cartes, se reporter au paragraphe correspondant du chapitre premier, concernant le Gin-Rami. Les cartes seront représentées ici, selon le cas, par leur initiale ou par leur numéro : la lettre D représentera par exemple une Dame, le 4 un quatre et le J un Joker ; les symboles des couleurs seront les mêmes que ceux utilisés jusqu'à présent.

LA VALEUR DES CARTES

Au Rami, les cartes ne se distinguent pas par leur force, mais par le nombre de points qu'elles représentent du point de vue de la marque. Cette valeur est la suivante :
— le Joker vaut 20 points ;
— l'As vaut 1 ou 11 points selon la combinaison à laquelle il participe (1 point dans la combinaison A23 et 11 points dans toutes les autres combinaisons) ;
— les figures (Rois, Dames et Valets) valent 10 points ;
— les autres cartes comptent pour leur valeur numérale (de 10 à 2).

LE DONNEUR ET LE SENS DU JEU

Le premier donneur est tiré au sort en début de jeu : chaque joueur choisit une carte au hasard dans le paquet, et celui ayant tiré la plus forte donne en premier. Le joueur tirant un Joker doit retirer, de même que deux joueurs ayant tiré une carte égale s'ils doivent se départager. Les joueurs peuvent choisir leur place à la table en fonction de la force de la carte que chacun a tirée.

Le donneur distribue 10 cartes, une par une, à chaque joueur, dans le sens des aiguilles d'une montre en commençant par le joueur placé à sa gauche. Il pose ensuite le reste du paquet, appelé talon, au centre de la table et en retourne la première carte qu'il pose face visible à côté du talon. Cette carte constitue la première carte de la pile de défausses.

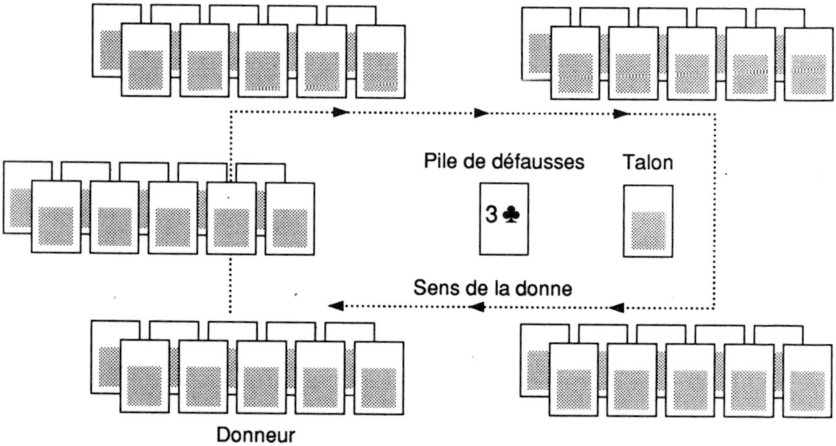

La donne au Rami

Notons qu'il est également possible de distribuer non pas 10 mais 14 cartes. Cette forme de distribution est assez employée en Europe mais ne modifie en rien les autres aspects du jeu. Tout ce que nous dirons donc du jeu avec 10 cartes s'applique donc au jeu avec 14 cartes. Une fois le coup terminé, c'est le joueur situé à la gauche immédiate du donneur précédent qui opère la nouvelle distribution ; d'une façon générale, toutes les opérations du jeu se déroulent dans le sens des aiguilles d'une montre, qui est aussi appelé sens du jeu.

LE BUT DU JEU

Chaque joueur possède en permanence 10 cartes dans sa main, provisoirement 11 lorsqu'il tire mais n'a pas encore défaussé. Le jeu consiste à composer des combinaisons avec les cartes de son jeu de façon à pouvoir « poser », c'est-à-dire étaler ses cartes devant soi. Le but final consiste à poser le premier toutes les cartes de sa main (on appelle main l'ensemble des cartes d'un joueur). Le joueur qui se débarrasse le premier de toutes ses cartes gagne le coup : on dit qu'il « finit ». Dans ce cas, le jeu s'arrête, et on établit les comptes avant d'entamer un nouveau coup.

LE DÉROULEMENT DU JEU

Quand le donneur a achevé sa distribution, les joueurs tirent, à tour de rôle et dans le sens du jeu, une carte : soit une carte du talon, soit la carte que vient de défausser leur adversaire de droite. Chaque joueur qui tire rejette en effet une carte de façon à n'avoir en permanence que 10 cartes dans sa main. On appelle « défausser » ou « écarter » le fait de se débarrasser d'une carte en la jetant : la carte elle-même est appelée « défausse » ou « écart ».

Sous certaines conditions que l'on verra plus loin, les joueurs peuvent étaler leurs cartes devant eux, face visible. Le jeu se poursuit ainsi jusqu'à ce qu'un joueur puisse étaler toutes ses cartes, ce qui marque la fin du coup. Lorsque le coup est terminé, un nouveau coup commence avec les cartes distribuées par le nouveau donneur.

LES DIFFÉRENTES COMBINAISONS

Une combinaison est formée d'au moins 3 cartes : soit 3 cartes de même rang, par exemple 3 Dames, soit 3 cartes se suivant dans la même couleur, par exemple V♦, 10♦ et 9♦. Les combinaisons formées de cartes de rang identique sont le brelan (composé de 3 cartes) et le carré (composé de 4 cartes).

Les combinaisons formées de cartes se suivant dans la même couleur sont appelées suites, ou séquences. L'As peut être utilisé soit pour former la suite ARD, auquel cas il est compté pour 11 points, soit pour former la suite A23, auquel cas il est compté pour 1 point seulement. L'As n'est jamais tournant, contrairement au Gin-Rami : par conséquent la suite RA2 n'est pas valable.

Les combinaisons au Rami

Rappelons que le Joker peut remplacer toute carte du jeu au choix de son possesseur, comme illustré sur le diagramme ci-dessus, où les trois combinaisons représentées sont légales. Notons qu'on peut inclure deux cartes identiques dans un brelan, par exemple deux 8♠.

CHAPITRE 2

LE DÉROULEMENT DU COUP

Le jeu comporte quatre phases : la donne, le tirage, la défausse et la pose. Nous avons déjà décrit la première de ces phases, qui est la donne. Nous étudierons maintenant les trois autres.

LE TIRAGE

Durant cette phase du jeu, les joueurs cherchent à former des combinaisons en améliorant leur main. A son tour de jeu, chaque joueur a le choix, comme au Gin-Rami, entre tirer une carte inconnue du talon ou s'emparer de la carte connue venant d'être défaussée face visible par le joueur situé à sa droite. Précisons qu'on ne peut s'emparer que de la dernière carte défaussée.

Quand les cartes viennent à manquer au talon, le donneur regroupe les cartes composant la pile de défausse, les bat et les reforme en un nouveau talon.

LA DÉFAUSSE

Cette phase est complémentaire de la précédente. Le joueur qui vient de tirer doit à son tour écarter une carte face visible sur la pile de défausses, carte dont le joueur suivant aura le droit de s'emparer. On défausse normalement les cartes isolées ne pouvant s'intégrer à une combinaison, mais l'écart est en pratique moins facile qu'il ne pourrait le sembler, car il faut éviter de défausser des cartes intéressant le joueur placé à sa gauche, afin de ne pas le favoriser en lui permettant de compléter trop facilement ses combinaisons. Il faut donc constamment surveiller cinq séries de cartes :

— les cartes déjà apparues ou étalées, pour éviter de

bâtir des combinaisons basées sur des cartes déjà passées ou employées ;

— les cartes prises par le joueur placé à sa gauche : si ce dernier prend par exemple le 10♣, il faut éviter de lui donner par la suite des cartes pouvant se combiner à ce 10♣ : le V♣ et le 9♣, mais aussi tous les dix ;

— les cartes défaussées par le joueur placé à sa gauche : si ce dernier défausse par exemple le 8♠, on peut à bon droit penser qu'il ne fait ni de brelan de huit ni de suite à Pique à hauteur du huit. On défaussera donc de préférence des cartes tournant autour du 8♠ : un huit ou bien le 9♠ ou le 10♠ ;

— les cartes prises par le joueur placé à sa droite : si ce dernier s'empare de défausses qui nous intéressent, on sait qu'on ne pourra attendre de carte favorable de sa part. On peut songer à recomposer sa main si les tirages s'y prêtent ;

— les cartes défaussées par le joueur placé à sa droite : si ce dernier semble ne pas utiliser les cartes qui nous intéressent, il est probable que l'on pourra s'attendre à des défausses favorables de sa part. Il faudra donc conserver la structure présente de la main.

LA POSE

Cette phase permet d'avancer vers le but ultime du jeu en autorisant les joueurs à se débarrasser de leurs cartes. Pour pouvoir poser (« sortir » ou « descendre » comme l'on dit aussi), il faut que la valeur des cartes composant les combinaisons étalées soit égale ou supérieure à 51 points. Pour les calculs relatifs à la pose, l'As vaut seulement 1 point s'il est inclus dans la suite As 2 3 (...), et 11 points dans les autres cas. Le Joker, quant à lui, prend la valeur de la carte qu'il remplace : s'il occupe la place d'un sept, il vaut 7 points. La pose, comme au Gin-Rami, n'est nullement obligatoire : remplir les conditions de la pose permet de descendre, mais n'oblige nullement à le faire. Notons que ce seuil de 51 points peut différer selon la partie où l'on joue. Il faut donc éclaircir ce point en début de session.

J	R♦	D♦	4 ♥	4 ♥	4 ♦	3 ♣	2 ♣	A ♣	3 ♥

Valeur d'une main pour la pose

Si l'on calcule la valeur de la main représentée ci-dessus pour la pose, on voit qu'elle comprend trois combinaisons dont la valeur est de 11+10+10=31 points pour la suite à Carreau (le Joker est compté pour 11 points car il remplace l'A♦), 4 x 3= 12 points pour le brelan de quatre et 3 + 2 + 1 = 6 points pour la suite à trèfle (l'As n'est compté que pour 1 point dans cette combinaison), soit 49 points en tout. Ce total étant inférieur aux 51 points exigés, la pose est interdite.

LA SUITE DU COUP

Poser donne le droit de placer, à son tour de jeu, mais cette fois sans minimum de points requis, d'autres cartes de son choix non seulement sur l'une de ses propres combinaisons mais aussi sur toute combinaison adverse étalée. Toutefois, pour poser ou placer ses cartes, un joueur ne doit pas encore avoir défaussé : une fois qu'il a défaussé, son tour de jeu est achevé, et le tour de jeu du joueur suivant commence.

LE JOKER

Le Joker, qui peut remplacer une carte quelconque, possède une autre propriété intéressante : il peut être capturé. Tout Joker posé sur la table peut en effet être pris par un autre joueur à condition que ce dernier le remplace dans la combinaison où il figurait. Pour s'emparer d'un Joker, on distingue selon que celui-ci appartient à une suite ou à un brelan :

— si le Joker appartient à une suite, il suffit de le remplacer par la carte qu'il représentait ;

— si le Joker appartient à un brelan, il est nécessaire de compléter le brelan en carré par l'adjonction des deux cartes manquantes.

LA FIN DU COUP

Le jeu se poursuit de la façon qui vient d'être indiquée, chacun tirant à tour de rôle pour améliorer sa main jusqu'à ce qu'un joueur pose toutes ses cartes. Quand les cartes du talon viennent à s'épuiser avant la fin du coup, rappelons que le donneur prend les cartes de la pile de défausses et les bat pour en faire un nouveau talon. Le joueur ne possédant plus que deux ou une cartes en main doit en avertir les autres participants en frappant sur la table à son tour de jeu et en annonçant à haute et intelligible voix « Deux cartes » ou « Une carte » selon le cas. Le joueur qui finit doit également prévenir les autres participants en annonçant « Fini ».

L'INTÉRÊT DES DIFFÉRENTES COMBINAISONS

Les combinaisons se différencient par leurs chances d'amélioration respectives. Deux diagrammes vont nous permettre de voir quelles combinaisons sont les plus favorables.

Le diagramme ci-après permet de constater que le possesseur d'une paire, en l'occurrence une paire de

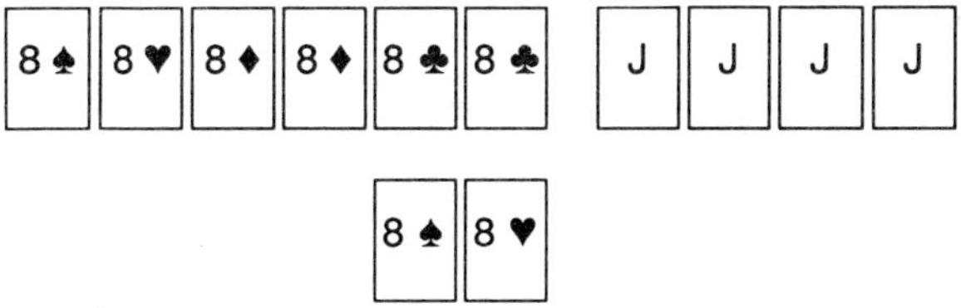

L'amélioration d'une paire au Rami

de huit, n'a pas moins de 10 chances d'amélioration : les 4 Jokers et les 6 autres huit. Par contre, le diagramme ci-dessous montre que le possesseur d'un début de suite, en l'occurrence 8♠ 7♠, n'a que 8 chances d'amélioration : les 4 Jokers et les 4 cartes permettant de compléter ce début de suite.

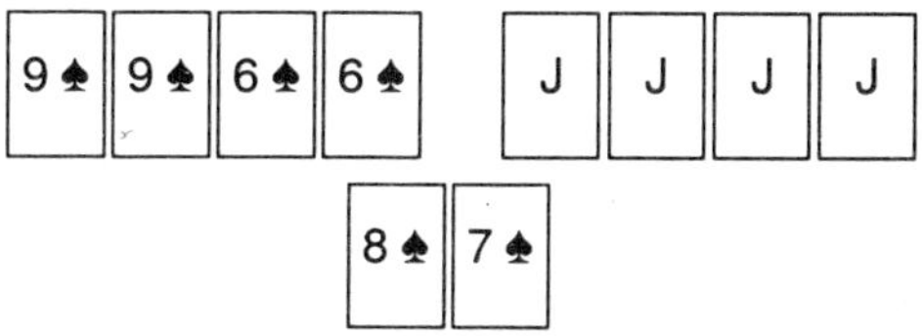

L'amélioration d'un début de suite au Rami

Un raisonnement similaire montre que le possesseur d'un brelan a 9 chances d'amélioration (les 4 Jokers et les 5 cartes de même rang que son brelan) contre 8 pour le possesseur d'une suite (les 4 Jokers et les 4 cartes permettant de compléter la suite).

CHAPITRE 3

LA MARQUE

La marque est très simple au Rami. Quand le coup est terminé, chaque joueur est pénalisé de la valeur des cartes lui restant en main. Pour ce calcul, on utilise la valeur indiquée au paragraphe « La valeur des cartes » en prenant dans tous les cas le Joker pour 20 points et l'As pour 11 points.

On utilise une feuille de marque comportant une colonne par participant. Chaque joueur inscrit son score dans la colonne qui lui est réservée : les perdants marquent le nombre de points qu'ils ont en main (donc un score positif), tandis que le gagnant inscrit un bonus égal à moins 10 points (donc un score négatif).

Si un joueur finit en posant en une seule fois et sans coller de cartes sur une combinaison adverse, le coup est double. Il faut toutefois qu'il annonce « Double », sinon le coup sera compté simple. Tout joueur atteignant 100 points ou plus dans sa colonne est éliminé, mais peut cependant se racheter en payant un droit convenu d'avance. Il participe alors de nouveau au jeu, avec toutefois un score égal à celui du joueur le plus mal placé. Le nombre de ces rachats est limité à 3 par partie.

A	B	C	D
−10 (a)	+ 20	+ 11	+ 37
− 1	+ 10 (b)	+ 46	+ 84
+ 35	0(c)	+ 67	+ 112

			+ 67 (d)

La feuille de marque au Rami

Le diagramme ci-dessus montre une feuille de marque au Rami. Il est très facile de retrouver les événements qui se sont déroulés :

a) A a fini. Il marque — 10 points, tandis que B, C et D marquent en positif la valeur des points qu'ils ont dans leur main ;

b) B a fini. Il se retranche donc 10 points, tandis que A, C et D inscrivent leurs points en positif ;

c) B a encore gagné. Il passe donc à zéro. Dans le même temps D dépasse la barre des 100 points et par conséquent est éliminé ;
d) D décide de se racheter. Il continue donc la partie avec un score égale à celui du participant le moins bien placé, C dans le cas présent, qui est à 67. D redémarre donc à 67 points. Il paiera de plus en fin de partie un droit de rachat au gagnant final.

LA FIN DE LA PARTIE

Le gagnant de la partie est le joueur ayant réussi à éliminer tous ses adversaires. Il encaisse la différence entre son score et celui des perdants, plus les droits de rachat payés durant la partie.

Notons qu'il est également possible de jouer au coup par coup sans tenir de marque : dans ce cas le gagnant de chaque donne encaisse une somme forfaitaire appelée « dose » de tous les joueurs (10 francs par exemple si l'on joue à 10 francs la dose), quel que soit le nombre de points que ces derniers aient en main.

Cette forme de Rami, dite « Rami-dose » est au moins aussi employée que le Rami dit « Rami-51 » que nous venons d'exposer. Elle en suit pour l'essentiel les règles sauf en ce qui concerne la marque qui n'existe pas.

Troisième partie

Le Barbu

Le Barbu tient une place un peu à part dans le monde des jeux, dans la mesure où il constitue plus un regroupement de plusieurs jeux différents qu'un jeu autonome. La cohésion entre ses diverses facettes est assurée par les règles du jeu, qui rendent le Barbu non seulement très attrayant mais même fascinant. Bien que ses règles soient très faciles à apprendre, le jeu est très technique et complexe. Rassurez-vous cependant : il est amusant à tous les niveaux et permet toujours de passer d'excellents moments, que l'on soit débutant ou joueur chevronné.

CHAPITRE 1

LES ÉLÉMENTS DU JEU

LE MATÉRIEL NÉCESSAIRE

Le Barbu se joue avec un jeu de 52 cartes, c'est-à-dire un paquet ordinaire dont les Jokers ont été retirés. On utilise toujours les 52 cartes du jeu.

L'ORDRE DES CARTES

Le jeu se répartit en 4 couleurs de 13 cartes : les Piques, les Cœurs, les Carreaux et les Trèfles. L'ordre des cartes est celui de la Bataille : les cartes vont donc par force décroissante de l'As au deux. Le fait qu'elles soient d'une couleur ou d'une autre a souvent une grande importance durant le déroulement du jeu.

LE NOMBRE DE PARTICIPANTS

Le Barbu est, à l'instar du Bridge, un jeu qui se joue à quatre joueurs, mais, contrairement à ce dernier, les joueurs ne se regroupent pas en équipes : chacun joue donc pour soi. Il n'existe pas non plus, comme dans d'autres jeux, de règle permettant de jouer avec un nombre différent de participants.

LE DONNEUR ET LE SENS DU JEU

Le donneur distribue une à une les 52 cartes du jeu dans le sens des aiguilles d'une montre, chaque joueur recevant 13 cartes. Toutes les opérations du jeu se font dans ce même sens, appelé sens du jeu. Le premier donneur est tiré au sort en début de jeu et reste le même durant 7 donnes. Sur chacune de ces 7 donnes, il opère un choix entre 7 contrats différents, choix déclarés à haute voix en début de coup : de là vient le nom de « déclarant » attribué au donneur et de « choix » donné à l'ensemble de ses 7 décisions. Ce nom de « choix » est donné indifféremment à l'ensemble de ses décisions et à chaque décision individuelle : le choix du déclarant est donc composé de 7 choix différents. Quand le déclarant termine sa série, le joueur situé à sa gauche devient le nouveau déclarant et entame sa propre sélection.

LE BUT DU JEU

Le déclarant a la possibilité d'opter entre 7 contrats différents durant son tour de jeu. Son but est d'effectuer ses choix dans un ordre tel qu'il disposera toujours d'un contrat convenant à sa main. Le but du jeu pour les autres joueurs consiste à réaliser le meilleur score possible sur les différents choix de chaque déclarant.

LA FIN DE LA PARTIE

La partie prend fin quand chaque joueur a effectué son choix. Une partie de Barbu se compose donc de 4 × 7 = 28 donnes.

CHAPITRE 2

LE DÉROULEMENT

La partie se divise en deux phases : une première phase d'enchères où le déclarant annonce son choix et où les autres participants peuvent le contrer, suivie d'une phase de jeu de la carte où chacun cherche à réaliser le meilleur score possible en jouant.

Bien que le jeu débute par les enchères, il est préférable de voir en premier le jeu de la carte, dont la connaissance est nécessaire pour choisir à bon escient parmi les différents contrats.

LE JEU DE LA CARTE

Les règles du jeu de la carte expliquées ci-dessous s'appliquent toujours. Il y aura également des règles supplémentaires propres à certains contrats : nous les verrons en même temps que ces derniers.

L'ENTAME ET LA COULEUR DEMANDÉE

Sur chacune des 7 donnes constituant l'ensemble de son choix, le déclarant joue en premier après avoir annoncé le contrat choisi à haute voix : on dit qu'il entame. La couleur de cette carte d'entame fixe la couleur demandée.

OBLIGATIONS RELATIVES A LA COULEUR DEMANDÉE

Au Barbu, il n'existe qu'une seule obligation : fournir de la couleur demandée quand on le peut. Le joueur qui ne possède pas de carte dans la couleur demandée peut défausser la carte de sa main qui lui semble le mieux convenir (la main est l'ensemble des cartes d'un joueur, et défausser veut dire se débarrasser d'une carte).

LE GAIN DE LA LEVÉE ET LA COULEUR DEMANDÉE

La levée est remportée par le joueur fournissant la plus forte carte dans la couleur demandée. Ce joueur doit rejouer en premier à la levée suivante : on dit qu'il est « en main ». La carte rejouée par le joueur en main fixe la nouvelle couleur demandée.

CARTES DE SORTIE ET DANGERS

Nous ferons souvent référence aux « cartes de sortie » et aux « dangers ». Ces termes demandent à être expliqués.

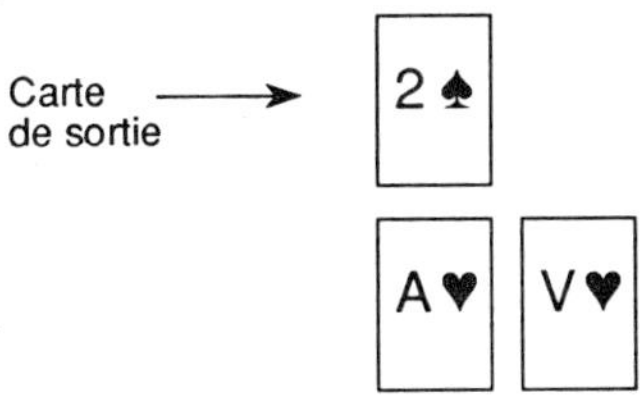

La carte de sortie au Barbu

Une carte de sortie est une carte permettant de donner de façon sûre la main à un autre joueur. Prenons l'exemple ci-dessus et supposons que les autres joueurs ne possèdent plus de Cœurs mais aient encore des cartes à Pique. Supposons également que le contrat soit les levées. Il ne faut donc pas faire de levées. Par conséquent, il ne faut pas jouer ses Cœurs, qui sont maîtres, mais essayer de donner la main aux adversaires. Le 2♠ constitue une carte dite de « sortie » qui sera obligatoirement prise par un autre joueur, du fait qu'elle est la plus basse et qu'il existe encore du Pique dans le jeu. Après quoi, on est sûr de ne plus faire de levée, puisque par hypothèse plus personne ne peut rejouer Cœur pour nous forcer à réaliser l'As et le Valet de cette couleur.

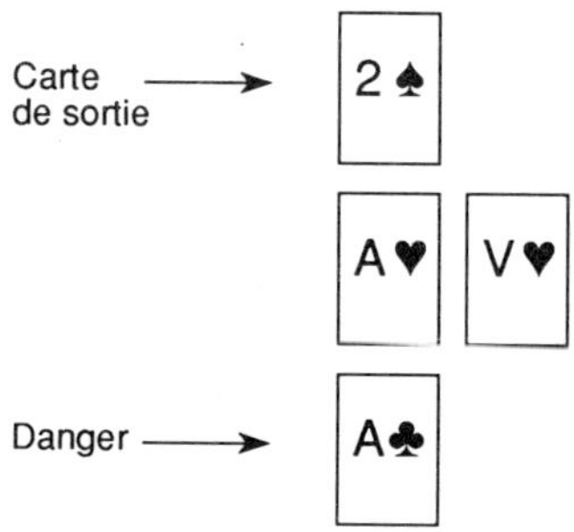

Le danger au Barbu

Un danger est une carte risquant d'obliger qui le possède à prendre la main avec des conséquences dommageables. Reprenons l'exemple précédent : ajoutons l'A♣ et supposons qu'il y ait encore du Trèfle dans le jeu. On voit que, si l'on joue le 2♠, on risque qu'un adversaire prenne et rejoue Trèfle, après quoi on fait non seulement l'A♣ mais aussi l'A♥ et le V♥. L'A♣ représente donc un « danger ».

La bonne façon de jouer consiste à se débarrasser de cette carte avant de jouer la carte de sortie : on tire donc l'A♣ puis on joue le 2♠, après quoi on est assuré de ne plus faire de levée. Notons qu'un adversaire perspicace peut, s'il est en main, nous « enfermer » dans notre jeu en purgeant notre carte de sortie avant de nous mettre en main : il tirera par exemple l'A♠, nous retirant notre carte de sortie, avant de rejouer Trèfle nous obligeant ainsi à faire les trois dernières levées.

L'art du jeu de la carte au Barbu consiste, pour la plus grande part, à savoir quand et comment sortir de sa main et à trouver le moyen d'enfermer les autres joueurs dans leur main.

LES ENCHÈRES

Le déclarant a le choix de l'ordre dans lequel il joue ses 7 contrats, mais il doit tous les choisir : il lui est donc impossible d'opter deux fois pour le même choix. Parmi les 7 contrats, il y en a 5 qui donnent lieu à l'attribution de points négatifs et où l'objectif est d'éviter de ramasser des cartes pénalisantes : ces choix sont dits « choix négatifs ». Les 2 autres choix ouvrent droit à l'attribution de points positifs et sont appelés « choix positifs ». Le déclarant annonce son choix en début de chaque distribution qu'il opère, après quoi la parole passe aux autres joueurs qui peuvent contrer le déclarant et/ou se contrer entre eux.

On ajoute du piment au jeu en spécifiant que chaque joueur doit obligatoirement contrer le déclarant au moins deux fois sur le choix de ce dernier. On étudiera ce point en même temps que les explications concernant la marque.

LES CHOIX NÉGATIFS

Les 5 choix négatifs sont le « Barbu », les « Cœurs », les « Dames », les « levées » et les « deux dernières ». Nous allons les voir dans l'ordre.

• ***Le Barbu***

Le Barbu est le surnom donné au Roi de Cœur, carte d'où le jeu tire son nom. L'objectif de ce choix est d'éviter de prendre le Roi de Cœur dans ses levées, sous peine d'une pénalité de 20 points. Concernant le jeu de la carte, les joueurs sont soumis à une autre obligation que celle de fournir de la couleur demandée : il leur est interdit d'entamer Cœur, ou de jouer Cœur en premier sur une levée, tant qu'ils disposent de cartes dans une autre couleur. Il leur est par contre permis de défausser du Cœur s'ils n'ont pas de carte dans la couleur demandée, et bien entendu requis d'en fournir si la couleur demandée est Cœur.

Pour ce choix, le mieux est de posséder soi-même le Roi de Cœur. Il est alors relativement facile de contrôler le coup et de trouver une occasion de le placer à un autre joueur. Il vaut mieux également être long à Cœur : de ce fait les autres joueurs, courts

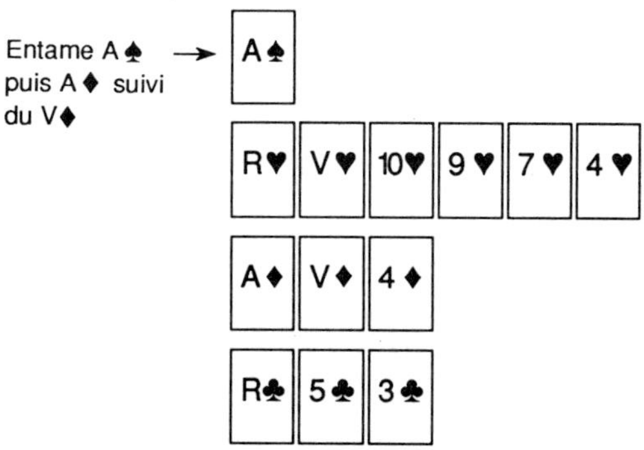

Main type pour le Barbu

dans cette couleur,auront des longues ailleurs qu'ils devront épuiser avant de pouvoir jouer Cœur. On défaussera donc le Roi de Cœur lorsqu'ils joueront ces dernières. Par conséquent, l'idéal est d'avoir une main avec le Roi de Cœur « long ».

La main représentée ci-dessus constitue un choix type pour le Barbu : on entame l'A♠, couleur courte, puis on « sort » de la main en rejouant l'A♦ suivi du V♦, et, si l'on reste encore en main, on joue le R♣ et le 5♣. L'un quelconque des adversaires sera bien obligé de rejouer Pique (ou Carreau ou Trèfle à un moment où l'on n'aura plus de ces couleurs), et alors on défaussera le Barbu.

- ***Les Cœurs***

L'objectif de ce choix est d'éviter de prendre des Cœurs dans les levées qu'on ramasse, sous peine d'une pénalité de 2 points pour un Cœur quelconque et de 6 points pour l'A♥. Là encore, il est interdit d'entamer ou de jouer Cœur en premier sur une levée tant qu'on possède des cartes dans une autre couleur, mais il est permis de défausser du Cœur si l'on n'a pas de carte dans la couleur demandée,et obligatoire d'en fournir si Cœur est la couleur demandée. Pour

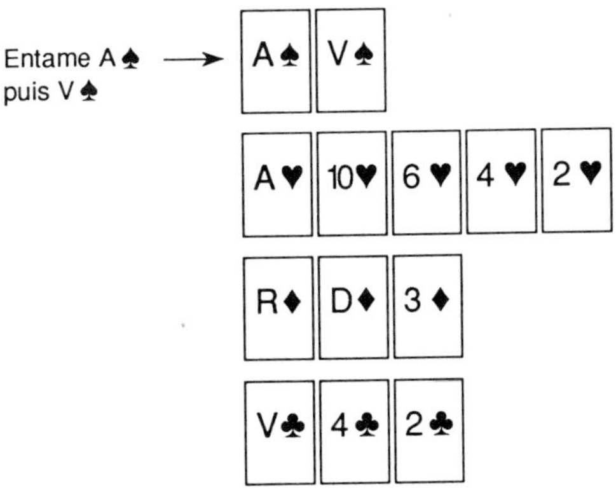

Main type pour les Cœurs

effectuer ce choix, le mieux est d'être long à Cœur, donc court dans les autres couleurs, ce qui permet de défausser les Cœurs une fois ces courtes épuisées.

La main représentée au diagramme précédent correspond à un choix parfait pour les Cœurs. Après l'entame de l'A♠ suivi du V♠ et de R♦ et D♦, si on reste en main, on finit rapidement par n'avoir plus que des Cœurs qu'on pourra défausser quand les autres joueront dans les couleurs où l'on n'a plus de carte.

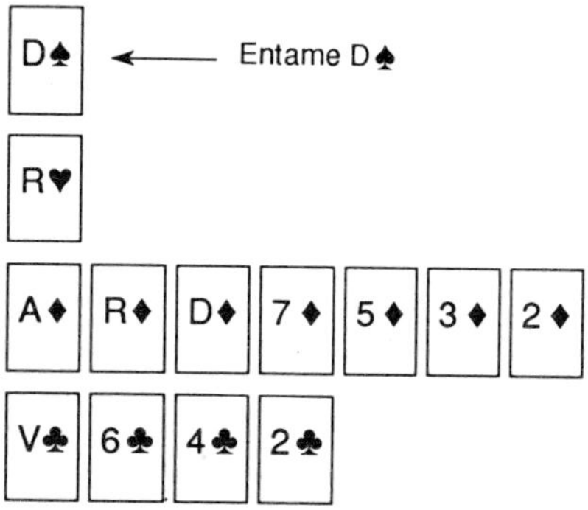

Main piège pour les Cœurs

Notons qu'on peut également choisir les Cœurs avec une main qui permet éventuellement de ne faire aucune levée. La main ci-dessus représente une main piège parce qu'elle autorise le contre par un joueur ayant une belle main pour les Cœurs, par exemple la main type représentée dans notre premier exemple. On pourra surcontrer ce joueur parce qu'on ne prendra pas un seul Cœur : après l'entame de la D♠, on défaussera le R♥ à la première occasion, après quoi on ne fera plus de levée et donc on ne prendra pas de Cœur.

• ***Les Dames***

L'objectif de ce choix est d'éviter de prendre des Dames dans les levées qu'on ramasse, sous peine d'une pénalité de 6 points par Dame. Pour effectuer ce choix, le mieux est de posséder des petites cartes dans toutes les couleurs, ce qui assure de ne pas faire de levées et donc de ne pas prendre de Dames. Il faut en tout cas posséder des petites cartes dans son éventuelle couleur longue, pour éviter de se faire enfermer dans sa main.

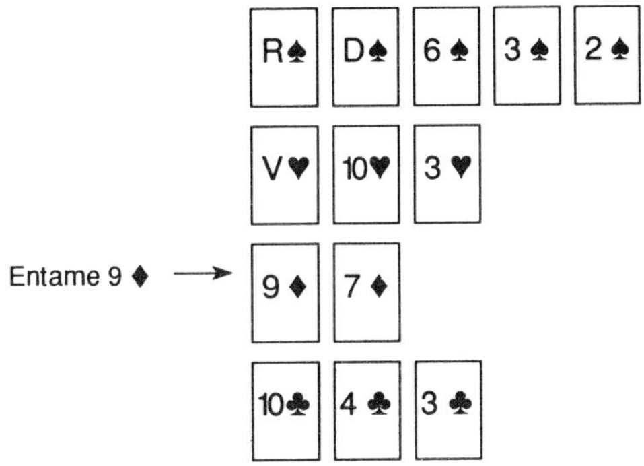

Main type pour les Dames

La main représentée au diagramme ci-dessus correspond à un très bon choix pour les Dames. On entamera par exemple le 9♦ et on se défaussera à la première occasion des fortes cartes à Cœur (V♥ et 10♥), qui constituent des dangers potentiels. Il est inutile de se débarrasser du R♠ parce qu'on pourra toujours s'arranger pour laisser les autres en main dans cette couleur lorsqu'elle sera jouée : le R♠ ne constitue donc pas un danger.

Notons qu'il est plus utile de se débarrasser des dangers potentiels de la main que de la D♠. Il sera toujours temps de coller cette dernière à quelqu'un lorsque tous les dangers de la main auront été éliminés.

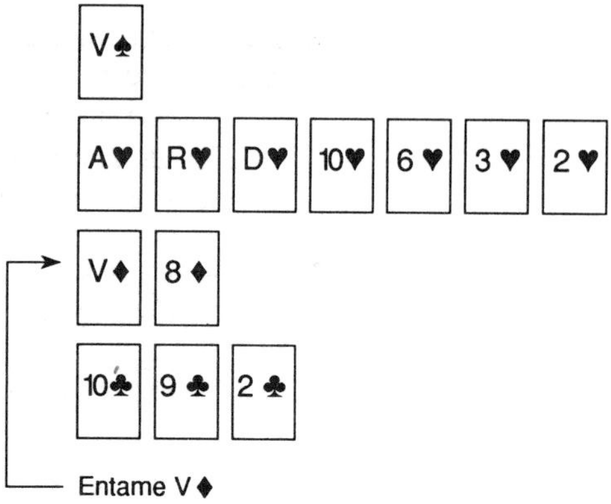

Main piège pour les Dames

Indiquons qu'on peut également choisir les Dames avec une main qui permet éventuellement de ne faire aucune levée. La main ci-dessus représente une main piège parce qu'elle autorise le contre par un joueur ayant une belle main pour les Dames, par exemple la main type représentée dans notre premier exemple. On pourra alors surcontrer ce dernier, assuré de ne prendre aucune Dame : après l'entame du V♦, on défaussera les dangers potentiels de la main (10♣ et 9♣, V♠) à la première occasion, après quoi on ne fera plus une levée et donc pas de Dame.

• ***Les levées***

L'objectif de ce choix est d'éviter de réaliser des levées, sous peine d'une pénalité de 2 points par levée effectuée. Pour effectuer ce choix, le mieux est de posséder des petites cartes dans toutes les couleurs, ce qui assure de ne pas faire de levées.

Si l'on possède une couleur longue, il faut faire attention à ne pas se faire enfermer dans sa main une fois cette couleur devenue maîtresse, si l'on ne dispose pas de carte de sortie : on ferait alors toutes les levées restantes.

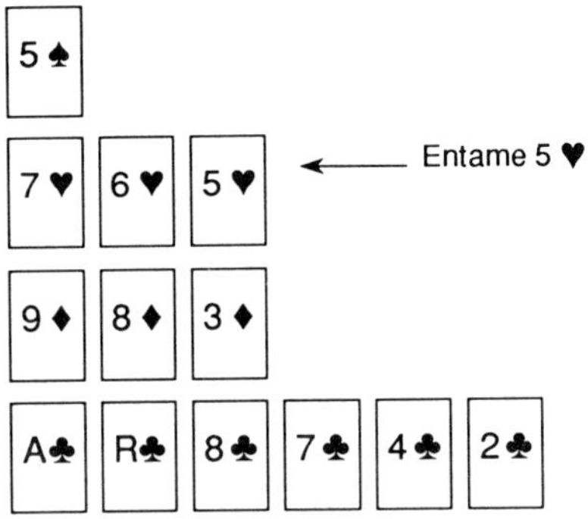

Main type pour les levées

La main représentée au diagramme ci-dessus correspond à un choix type pour les levées. On entamera le 5♥ et on se défaussera à la première occasion des dangers avec lesquels on risque de faire des levées, qui sont le 9♦ et le 8♦.

Il n'est pas urgent de se débarrasser des gros Trèfles parce qu'on pourra toujours s'arranger pour laisser les autres en main dans cette couleur lorsqu'elle sera jouée.

• ***Les deux der***

C'est ainsi qu'on appelle en pratique le contrat dont le nom officiel est « les deux dernières ». L'objectif de ce choix est d'éviter de prendre l'avant-dernière levée sous peine d'une pénalité de 10 points, et, ou la dernière sous peine d'une pénalité de 20 points. Pour effectuer ce choix, le mieux est de posséder des petites cartes dans toutes les couleurs, ce qui évite de faire les dernières levées, mais aussi des fortes cartes pour reprendre la main et se débarrasser de ses dangers. La main idéale est donc composée d'As ou de Rois et de petites cartes.

La main représentée au diagramme ci-après correspond à un bon choix pour les deux der. On commence par purger les Piques du jeu en jouant autant de fois Pique que nécessaire, afin d'enlever aux adversaires leurs cartes de sortie dans cette couleur. Si on ne prenait pas cette précaution, ils pourraient nous remettre en main à Pique en fin de coup. Puis on joue l'A♥ et le V♥ : il ne reste plus alors dans la main que la D♦ et le 3♦, V♣, 6♣ et 2♣, plus les Piques maîtres, cartes qui doivent normalement permettre de ne pas faire les dernières levées.

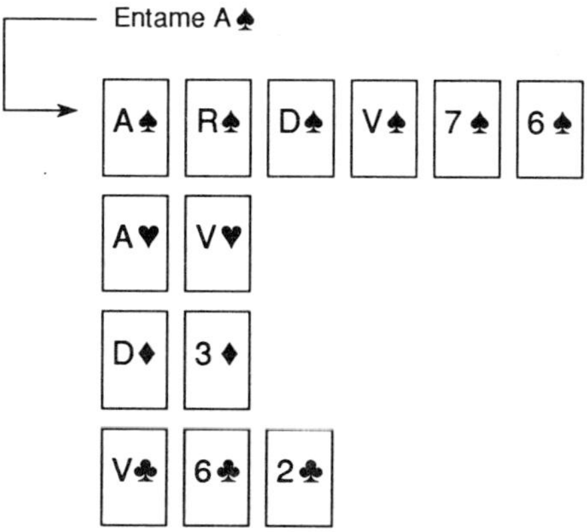

Main type pour les deux der

LES CHOIX POSITIFS

• *La réussite*

Lorsqu'on joue la réussite, il n'y a pas de levées. Les règles habituelles du jeu de la carte ne sont donc pas applicables. L'objectif de ce choix est de se débarrasser de toutes ses cartes en reconstituant dans l'ordre les 4 couleurs du jeu à partir d'une carte dont la hauteur est choisie par le déclarant. Les règles applicables à ce choix sont particulières : le déclarant annonce d'abord la hauteur de la réussite, par exemple en disant « Réussite au 9 ». A partir de ce moment, chaque joueur, en commençant par le déclarant, est tenu de mettre une carte commençant une des 4 séries, par exemple le 9♠, le 9♥, le 9♦ ou le 9♣, ou d'allonger une série déjà existante, par exemple en collant le 8♠ ou le 10♠ sur le 9♠ si celui a été posé. On peut compléter une série par la carte immédiatement inférieure ou immédiatement supérieure dans la même couleur. Il est interdit de passer quand on peut poser une carte, mais il est par contre permis de poser la carte de son gré quand on dispose d'un choix. Poser une carte ne confère aucun droit spécial, comme celui de rejouer.

A son tour de jeu, un joueur pose donc, s'il le peut, une carte et une seule. Sinon il passe et le joueur suivant dispose des mêmes options. Le gagnant de la réussite, qui est le joueur ayant posé le premier toutes ses cartes, est récompensé de 45 points. Le deuxième remporte 20 points, le troisième 10 points et le dernier est pénalisé de 10 points.

Pour effectuer ce choix, le mieux est de posséder une main répartie dont la hauteur des cartes converge autour d'un certain niveau que l'on choisira comme hauteur de la réussite. On peut choisir comme hauteur une carte dont on n'a pas de représentant en main, auquel cas on passe d'entrée : il ne faut pas nécessairement choisir une hauteur où l'on possède une carte, mais une hauteur permettant de contrôler le coup en obligeant les adversaires à faire progresser les couleurs qu'on choisit.

La main représentée au diagramme ci-après correspond à un choix parfait pour la réussite. On prendra une réussite au Roi et on entamera du R♦ pour faire progresser cette couleur. Comme on possède la D♠ et la D♥, on pourra bloquer ces couleurs assez long-

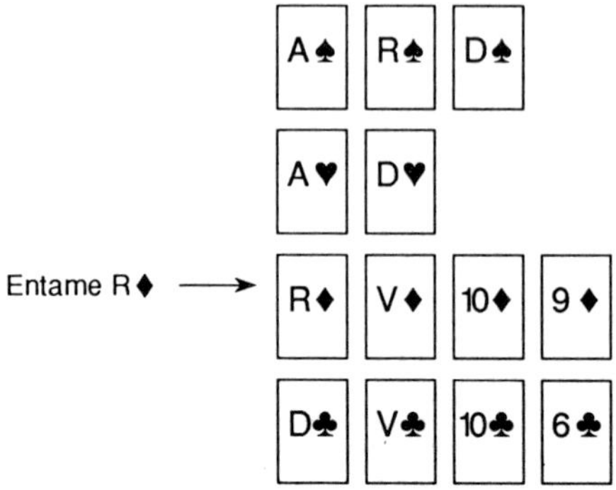

Main type pour la réussite

temps pour obliger les autres joueurs à poser la D♦ et le R♣. Comme on bloque aussi les Carreaux grâce au V♦, on fera progresser rapidement les Trèfles jusqu'au moment ou l'on pourra placer toutes les cartes de sa main.

Avec le jeu ci-dessus, le gain de la réussite est pratiquement une certitude. Notez que lorsqu'on est certain de gagner, on est tenu de jouer ses cartes au hasard pour ne pas favoriser indûment un joueur par rapport à un autre. On dit que l'on est « au tirage » : on bat ses cartes et on les fait tirer au sort, face cachée, par un des autres joueurs qui pose la carte qu'il a tirée à la place qu'elle doit occuper. On est cependant au tirage que si l'on n'est plus intéressé au coup : en situation de contre avec un joueur, on joue bien entendu au mieux de ses intérêts en essayant de faire terminer ce joueur dernier.

• ***L'atout***

L'objectif de ce choix est de réaliser le maximum de levées, chaque levée étant récompensée de 5 points. En début de coup, le déclarant choisit une couleur comme atout. Les cartes d'atout ont la propriété de remporter la levée quand elles sont opposées à des cartes d'une autre couleur : on dit qu'elles « coupent ». Toute levée peut être coupée par un joueur ne possédant plus de cartes dans la couleur demandée. Le joueur n'ayant pas ou plus de cartes dans la couleur demandée est tenu de couper, et de surcouper si on a coupé avant lui.

Une levée est donc remportée dans le cas général par le joueur fournissant la plus forte carte dans la couleur demandée, et en cas de coupe par celui ayant coupé du plus fort atout. Pour effectuer ce choix, le mieux est de posséder une main riche en grosses cartes, comprenant si faire se peut une couleur longue que l'on choisira comme atout.

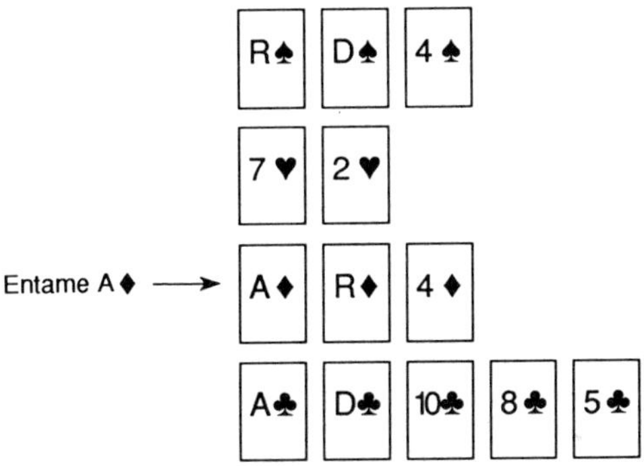

Main type pour l'atout

La main représentée au diagramme ci-dessus correspond à un bon choix pour l'atout. On prendra bien entendu Trèfle comme atout, et on entamera par exemple l'A♦. Notez qu'il ne faut pas toucher soi-même aux Piques, car on a peu de chances de faire plus d'une levée dans cette couleur si on la joue en premier : le Roi sera pris de l'As, rendant la Dame maîtresse, mais le 4♠ ne fera pas de levée. Par contre, plus on joue tardivement sur la levée, plus on a de chances de réaliser 2 levées : si un joueur joue l'A♠, on mettra bien entendu le 4♠, après quoi le R♠ et la D♠ seront maîtres et pourront procurer deux levées.

CHAPITRE 3

LA MARQUE

La marque est relativement complexe au Barbu, mais c'est cette complexité même qui donne tout son intérêt au jeu.

LE CONTRE

Dans le cas général, les joueurs encaissent ou paient seulement les bonus ou pénalités correspondant à leur prestation sur le contrat choisi. Mais, en fait, ils peuvent se contrer et même se surcontrer entre eux, ce qui rajoute du piment au jeu. Notons toutefois que sur les choix positifs, c'est-à-dire l'atout et la réussite, il n'est possible de contrer que le déclarant. Précisons également, mais cela va de soi, que le déclarant n'a pas le droit de contrer les autres participants. Il ne peut que les surcontrer s'ils l'ont eux-mêmes contré.

LES CONTRES OBLIGATOIRES

Comme nous l'avons dit plus haut, les adversaires du déclarant doivent contrer obligatoirement celui-ci sur l'ensemble de ses 7 choix. Le nombre de ces contres obligatoires est habituellement fixé à 2, mais dans certaines parties il est nécessaire de contrer 3 fois le déclarant. Les contres obligatoires ajoutent une difficulté supplémentaire au jeu dans la mesure où il est toujours dangereux de contrer le déclarant, qui a la possibilité de choisir les contrats correspondant le mieux à sa main : on court le risque évident d'être surcontré. Les contres concernant les autres joueurs sont libres : ils peuvent se contrer ou ne pas se contrer entre eux, au choix.

En pratique, le déclarant annonce son choix à voix haute, puis la parole passe à tour de rôle aux autres participants qui ont le choix entre passer s'ils ne désirent faire aucune enchère, ou contrer les joueurs de leur choix (éventuellement surcontrer s'ils ont eux-mêmes été contrés). Quand un contre a eu lieu, un second tour d'enchères permet au joueur qui a été contré de surcontrer s'il le désire. Précisons que le joueur qui contre doit indiquer nommément la personne qu'il contre : s'il contre le déclarant, il dira « Le déclarant » ; s'il contre seulement les autres participants, il dira « Les deux autres »; s'il contre tout le monde, il dira « La table » ; s'il contre A seulement, il dira « A », ou bien « A et le déclarant » s'il contre ces deux joueurs, etc.

L'ÉTABLISSEMENT DES COMPTES

Quand un joueur contre un autre joueur, il s'engage à faire aussi bien ou mieux que ce dernier. On différencie selon que le contre met en jeu le déclarant ou pas.

• ***Le contre ne met pas en jeu le déclarant***

Dans ce cas, le joueur ayant réalisé le meilleur score encaisse la différence de points entre son score et celui de son adversaire, différence doublée en cas de surcontre.

Supposons par exemple que A contre B aux levées et qu'il réalise 5 levées alors que B en fait 3. Les comptes se font de la manière suivante : A paie ses propres levées, plus 2 levées représentant la différence entre son score et celui de B. Il paie donc 5 + 2

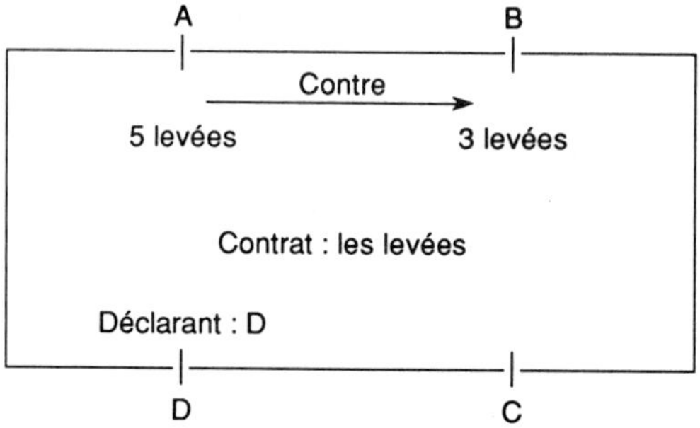

Le contre au Barbu

levées = 7 levées, ce qui lui coûte 14 points. S'il avait été surcontré, il paierait ses 5 levées, plus le double de la différence entre lui et B, c'est-à-dire 4 levées. Il paierait donc 5 + 4 = 9 levées lui coûtant 18 points.

On voit que le surcontre ne double pas l'ensemble des points gagnés ou perdus mais seulement ceux correspondant à la différence de score entre le contreur et le contré.

• ***Le contre met en jeu le déclarant***

Les comptes se compliquent un peu quand le contre oppose un joueur au déclarant. Dans ce cas, celui des deux joueurs qui fait le moins bon score prend en charge les pénalités de l'autre. Prenons le même exemple mais supposons que le déclarant soit A ou B. Les comptes s'établissent ainsi : A paie ses 5 levées plus les 3 levées de B (pénalités de B) plus la différence entre son nombre de levées et celui de B, c'est-à-dire 2 levées : il paie donc 5 + 3 + 2 = 10 levées, lui coûtant 20 points.

Notez qu'en cas de surcontre il ne paierait pas tellement plus, puisque outre ses 5 levées et les 3 levées de B, il paierait le double de la différence entre son nombre de levées et celui de B, c'est-à-dire 4 levées pour un total de 5 + 3 + 4 = 12 levées et 24 points.

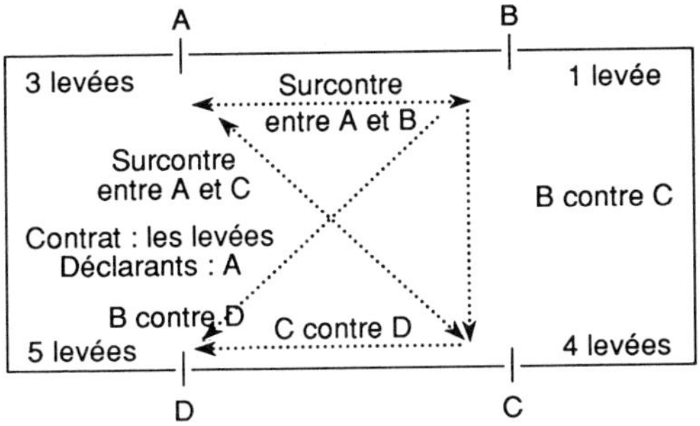

L'établissement des comptes en cas de contre

Reprenons l'exemple des levées, et calculons le score relatif à chaque joueur après les enchères et les résultats suivants :

— A (déclarant) est contré par B et C, et surcontre C. Il réalise 3 levées ;
— B contre la table, et réalise 1 levée ;
— C contre D et A, qui le surcontre. Il réalise 4 levées ;
— D est contré par B et C. Il réalise 5 levées.

Les comptes s'effectuent de la façon suivante :

• A (déclarant) ne paie pas ses levées, payées par C qui l'a contré et qui a fait un moins bon score que lui. Par ailleurs, il paie la levée de B qui l'a contré et qui a fait un meilleur score que lui. Il gagne enfin 2 levées sur C (les 4 levées de C moins ses 3 levées = 1 levée, multipliée par 2 à cause du surcontre). Il est donc en tout à (−3) + 2 = −1 levée. Il paie donc 2 points.

• B ne paie pas sa levée, qui est payée par A puisqu'il a contré ce dernier qui a fait un moins bon score. Il gagne par ailleurs 2 levées sur A, 3 levées sur C et 4 levées sur D, correspondant à la différence entre son score et celui des autres participants. Il encaisse donc 2 + 3 + 4 = 9 levées, c'est-à-dire 18 points.

• C perd 4 levées et paie les 3 levées du déclarant. Il perd également 2 levées sur A (à cause du surcontre) et 3 levées sur B, mais gagne 1 levée sur D. Il est donc en tout à (—4) + (—3) + (—2) + (—3) + 1 =—11 levées. Il paie 22 points.

• D perd 5 levées, plus 4 levées sur B et 1 levée sur C, soit 10 levées en tout. Il paie donc 20 points.

Ces scores sont reportés au diagramme ci-dessous. Indiquons que pour se souvenir des contres déjà effectués ou encore à faire (n'oublions pas que chaque joueur doit 2 contres au déclarant), on ajoute en pratique une croix dans la case correspondant au contrat contré.

Contrat	A	B	C	D	Total
Lévées	− 2	+ 18 ×	− 22 ×	− 20	− 26

Exemple de marque

La dernière ligne, nommée total, permet de vérifier aisément qu'il n'y a pas eu d'erreur de calcul : la somme des scores des quatre joueurs doit en effet rester égale au score théorique du contrat, quelles que soient les enchères. Le total théorique du contrat est le nombre auquel on doit aboutir s'il n'y avait pas eu de contre : pour les levées, il est par exemple de 13 levées × (—2 points) = — 26 points.

LA FEUILLE DE MARQUE

La marque s'effectue sur un tableau à double entrée, où l'on inscrit en abscisse le nom des joueurs et en ordonnée les 7 contrats. Un tableau permet donc de marquer uniquement les scores correspondant au choix d'un joueur : il faudra par conséquent 4 tableaux par partie.

Normalement, chaque joueur tient sa propre marque, ce qui lui permet de suivre facilement les choix effectués par le déclarant, le nombre de contres effectué, etc. Le diagramme ci-dessous montre une feuille de marque complète, après les 7 choix d'un joueur.

Il n'est pas obligatoire d'y faire figurer la ligne « Total », mais cela vaut mieux pour vérifier la correction des comptes. On y trouvera entre parenthèses le total théorique de chaque contrat. On notera que la somme des points positifs et négatifs attribués sur l'ensemble des 7 choix s'annulent, afin que gains et pertes se compensent.

Contrat	A	B	C	D	Total
Lévées	− 2	+ 18	− 22	− 20	− 26
Cœurs	+ 30	− 28	− 12	− 20	− 30
Barbu	− 20	0	0	0	− 20
Dames	− 6	+ 6	− 12	− 12	− 24
2 der	+ 10	0	− 20	− 20	− 30
Réussite	+ 45	− 10	+ 20	+ 10	+ 65
Atout	+ 20	+ 25	+ 5	+ 15	+ 65
Total	+ 77	+ 11	− 41	− 47	0

La feuille de marque

CHAPITRE 4

LA STRATÉGIE AU BARBU

Le Barbu est un jeu difficile. Il faut non seulement savoir comment jouer chaque type de contrat, mais surtout pouvoir juger une main de façon à toujours effectuer l'enchère la mieux adaptée : quel choix effectuer, qui contrer, quand surcontrer. Les enchères déplacent en effet autant de points, sinon plus, que le jeu de la carte. L'ordre dans lequel le déclarant opère ses différents choix est en particulier loin d'être indifférent : certains choix sont dits « chers », parce que pris mal à propos ils peuvent coûter très gros. On les oppose aux autres contrats où l'on peut normalement limiter la casse même quand le coup se passe mal.

La stratégie correcte consiste donc à choisir d'abord les contrats dangereux pour éviter d'être forcé de les prendre plus tard avec des mains qui ne s'y prêtent pas.

L'ordre dans lequel les contrats doivent être choisis est celui dans lequel nous vous les avons présentés. On effectuera donc de préférence les 7 choix dans l'ordre indiqué ci-dessous, qui va du contrat le plus cher au moins cher : Barbu ; Cœurs ; Dames ; Levées ; 2 der ; Réussite ; Atout.

Indiquons aussi que la place occupée par rapport au déclarant joue un rôle important : le joueur situé à la gauche immédiate du donneur, qui n'a pas d'information sur les mains des autres joueurs, ne peut effectuer de contre qu'avec un très beau jeu. En revanche le dernier à parler est très bien placé, car il a une bonne idée de la force des autres joueurs par leurs enchères.

Prenons les deux diagrammes suivants où l'on ne fait figurer que les enchères :

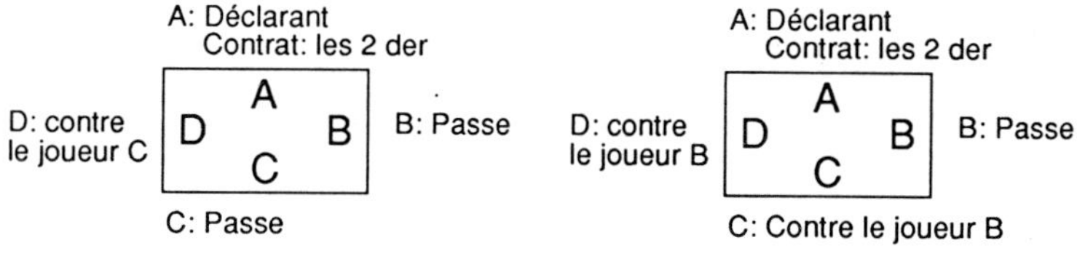

Exemples de contres

Le diagramme de gauche s'analyse ainsi : A, qui choisit son contrat librement, a vraisemblablement une main adaptée au choix qu'il effectue. Mieux vaut donc ne pas le contrer, à moins d'avoir une belle main. Comme B passe, on sait du coup qu'il n'a pas une très belle main. Il détient sans doute un jeu moyen ou mauvais. Si, sachant cela, C ne le contre pas, c'est qu'il a lui-même une main déplorable. D peut donc contrer C sans angoisse dès qu'il a lui-même une main à peu près présentable ; sur diagramme de droite, C choisit de contrer B. Si l'on admet que A et C ont une belle main, l'un parce qu'il a choisi son contrat et l'autre parce qu'il contre B, on voit qu'avoir soi-même une main correcte implique que la main de B est horrible. D peut donc contrer B sans problèmes.

Concernant le jeu de la carte, la stratégie se complique du fait qu'en cas de contre il ne suffit pas d'éviter les pénalités pour obtenir un score optimal : il faut aussi jouer de façon à pénaliser au maximum l'adversaire avec lequel on est en contre. Supposons que l'on joue aux levées et que l'on ait le choix entre faire zéro ou une levée. Il est normalement préférable de réaliser zéro levée sauf si l'on sait, par la façon dont s'est déroulé le coup, qu'en acceptant d'en faire une on en fait prendre trois à l'adversaire avec lequel on est en contre.

Pour comprendre comment réaliser ce genre de coup d'« expert », une grande expérience est nécessaire : il faudra donc jouer beaucoup.

Aubin Imprimeur
LIGUGÉ, POITIERS

Photo de couverture : Jérôme Da Cunha

Composé par Empreintes, Antony
Achevé d'imprimer en avril 1990
N° d'édition 1721 / N° d'impression L 35292
Dépôt légal juin 1990
Imprimé en France